Nom

DU MÊME AUTEUR

*Play Boy*, Stock, 2018 ; 10/18, 2020.

*Love Me Tender*, Flammarion, 2020 ; J'ai lu, 2021.

*Offenses*, Flammarion, 2023.

# CONSTANCE DEBRÉ

# Nom

J'AI LU

*Là où la psychanalyse dit : Arrêtez, retrouvez votre moi, il faudrait dire : Allons encore plus loin, nous n'avons pas encore trouvé notre corps sans organes, pas assez défait notre moi. Remplacez l'anamnèse par l'oubli, l'interprétation par l'expérimentation. Trouvez votre corps sans organes, sachez le faire, c'est question de vie ou de mort, de jeunesse et de vieillesse, de tristesse et de gaieté. Et c'est là que tout se joue.*

Gilles DELEUZE ET Félix GUATTARI,
*Mille plateaux*

# 1

Elle trempe le gant dans la bassine d'eau tiède, elle le passe sur le visage, elle baisse le drap, elle baisse le pyjama, elle passe le gant sur le sexe mort de mon père, elle remonte le drap au-dessus de la taille, elle me demande une chemise, je me tourne vers le placard, je prends une chemise que je pose sur le lit, elle prend mon père par les épaules, elle essaye de lui enlever sa veste de pyjama, les bras ne se déplient pas, elle s'empêtre, je la vois qui s'empêtre, je me penche, allez je me penche, j'attrape l'épaule froide, je glisse mon bras derrière son dos froid, je mets ma main dans sa main froide, je tire le bras bloqué, je pense à Rigidité Cadavérique, j'enlève le pyjama, je mets la chemise, je repose mon père contre l'oreiller, elle range les deux pompes, elle enlève les tuyaux, elle ramasse les poches de morphine et de sédatif, elle les met dans une mallette spéciale avec un code, c'est pour récupérer la morphine qu'elle est venue, C'est la procédure, elle m'a dit au téléphone, le gant la chemise c'est son idée, elle a dit On ne peut pas le laisser comme ça, elle s'en va, il fait toujours nuit, je retourne dans la cuisine, je refais du café, le jour se lève, il fait beau, je sens l'odeur sèche du jardin, à huit heures et demie je prends la carte bleue de mon père sur la cheminée, je prends la Peugeot, la 206 trois portes diesel 197 000 kilomètres achetée à Touraine Occasions il y a quelques jours, je vais au distributeur du Super U, j'hésite sur le montant, je tire deux cents euros.

Il fait déjà chaud quand je rentre, je ferme les volets de la chambre, je le regarde, il a déjà changé, plus tiré, plus cireux, les pompes funèbres passeront quand on aura le certificat du médecin, il ne faut pas trop tarder avec la chaleur, je reste dans la maison avec la chaleur qui monte, je suis seule avec lui, comme cette nuit, comme toutes les nuits de ces dernières semaines, c'est calme, c'est nouveau ce calme, c'est le silence, la machine à oxygène qu'on n'entend plus, parfois je passe dans sa chambre, j'entre, je regarde.

Le médecin frappe à la porte, je lui ouvre, il va dans la chambre, il constate, on retourne dans le salon, il fait le certificat, il dit qu'il aimait bien mon père, que c'était un patient particulier mais qu'il l'aimait bien, je me dis qu'il doit dire ça à chaque fois, à chaque mort, qu'il doit penser que ça fait plaisir, il me prend dans ses bras, c'est gênant, je suis raide, ça ne dure pas, il me donne le certificat, tire-toi, tire-toi t'entends, il se tire.

Ma sœur arrive avec son mari, elle porte des lunettes de soleil comme aux enterrements de star, elle pleure, elle n'ose pas aller le voir, je l'accompagne, ils déjeunent, moi je ne déjeune pas, je veux aller nager après, d'habitude j'y vais plus tôt, les pompes funèbres débarquent, ils garent leur camion devant la maison, ils sont deux ou trois types je ne sais plus, que des hommes, peut-être que c'est un métier d'homme, je leur donne le certificat, je signe des papiers, ma sœur retourne dans la chambre de mon père, je l'entends qui lui parle, elle pleure fort, elle dit en pleurant qu'elle ne veut pas qu'ils l'emportent, j'y vais ou bien son mari je ne sais plus, on lui parle, elle se calme, je leur dis de partir, de rentrer chez eux, ils habitent en face, de l'autre côté de la Loire, ils ont quitté Paris, je leur dis que je vais m'occuper des pompes funèbres, vous aussi tirez-vous, ils s'en vont, les types des pompes funèbres sortent la civière en métal de leur camion, frigorifique je me demande, ils vont dans la chambre, je leur donne des affaires pour mon père dans le cercueil, je leur donne un jean, une autre chemise bleue, une paire de Clarks, un slip, des chaussettes, je vais dehors, dans la rue devant la maison, ils passent la porte avec mon père dans la housse en plastique sur la civière en métal, je dis Donc les pieds devant c'est les pieds devant, les types des pompes funèbres ne répondent pas, à travers la housse en plastique opaque mais transparent je vois les mèches de cheveux blancs de mon père, ils glissent mon père à l'arrière du camion, ils se tirent, ils se tirent eux aussi, lui aussi, je retourne dans la maison, je suis seule, la maison est vide, il y a du soleil, je vais dans sa chambre, je regarde, je passe dans le salon, je prends mon sac de piscine, je ressors, je reprends la Peugeot, Touraine Occasions c'est juste en bas, sur la levée, dans la zone industrielle près de la Loire, je roule, il fait beau, je traverse le Cher, je prends direction Tours Nord, je me gare sur le parking du Centre aquatique du Lac, un bassin de cinquante, je nage tous les jours, je nage.

# 2

Je suis née pour terminer un sale boulot, je dis sale mais je pense beau, un beau boulot, le plus juste, le plus moral, j'insiste, le plus moral, celui de détruire, de finir, je dis ça calmement, simplement, juste comme ce qui doit être fait, ce qu'on a tous à faire, pas réparer comme ils disent toujours, il n'y a rien à réparer, mais au contraire rompre, partir, participer à la grande entreprise de perte, l'accélérer, achever les choses. Quel est ton nom, Personne, c'est rien le nom, c'est comme la famille, c'est comme l'enfance, je n'y crois pas, je n'en veux pas.

Dans la chambre du mort, dans un tiroir, une photo de baptême. Photo officielle de ma vie officielle. Devant le château de ma mère au Pays basque, mes parents, mes deux grands-mères, mon grand-père ministre, moi dans les bras de ma mère, je porte une grande robe en dentelle blanche. Il y a eu un article dans le journal local, à la messe les hommes du village ont chanté pour moi, le président de la République a dit à mon grand-père que Constance c'est très beau. C'est comme dans les livres dont vous êtes le héros, il faut choisir d'aller à droite ou bien à gauche, choisir l'histoire qu'on se raconte, quel héros on est, trier, décider, s'arracher. Toutes les photos sont comme ça, toutes les phrases aussi j'imagine. Je n'emporte pas la photo, je la remets dans ce meuble qui sera vendu, ou récupéré par ma sœur, ou jeté, je referme le tiroir, je sors de la chambre.

Je me suis débarrassée de presque tout. De la famille, du mariage, du travail, des appartements, des choses, des êtres. C'est ce que j'ai fait ces dernières années, me débarrasser. D'un coup et calmement, c'est à la fois rapide et lent, c'est matériel et intérieur, c'est comme creuser, comme descendre dans des galeries, comme aller de sous-sols en sous-sols, comme nager aussi, c'est des longueurs et des longueurs. On ne peut plus revenir en arrière, ce qui était avant n'existe plus, ce qu'on était avant n'existe plus, d'ailleurs c'est exactement cette impossibilité qu'on voulait. Faire disparaître les questions, les priver de cause, les rendre caduques. Ça se refuse un héritage, je ne parle pas d'argent, ça fait longtemps qu'il n'y en a plus, je parle de la croyance, de la fidélité. Il faut en finir avec l'origine, je ne garde pas les cadavres.

# 3

Le décor c'est les années soixante, Paris, Saint-Germain-des-Prés, c'est des fils de famille, ou bien des filles. Du côté de ma mère elles étaient quatre sœurs, comme du côté de mon père ils étaient quatre frères, la même folie de part et d'autre puisque les familles sont toujours la folie. Elle était la dernière, elle était née dans un château. À l'époque où ils se sont rencontrés, elle vivait dans un grand appartement, rue Bonaparte, avec sa sœur la plus proche, la première qui va mourir, mélange alcool médicaments, overdose ou suicide, comment savoir dans ces cas-là. L'immeuble était à sa famille, à leur famille, à ma famille, il y avait le buste en marbre d'un ancêtre baron dans le hall et des cousins dans les étages. Son père à elle, mon grand-père, était mort quand elle avait quatorze ans, lui aussi avait été député et même ministre, mais il était mort depuis longtemps. Sa mère, ma grand-mère, vivait dans les Landes avec ses chiens, de temps en temps elle venait à Paris, vérifier ce qu'il se passait, il y avait des disputes, des cris, des scènes. Les parents dans cette famille étaient des gens violents. L'aristocratie rend fou. Pas à cause de la consanguinité. À cause de la croyance. De la croyance que ça existe, ça, être noble. Surtout quand ça n'existe plus, surtout quand tout le monde meurt et que les châteaux brûlent. Dans cette famille on élevait les enfants comme on élevait les chevaux, pour être beaux. Être beau ça veut dire plein de choses. Le reste n'a pas d'importance.

Après le bac et les années de pension chez les bonnes sœurs, elle s'était inscrite à la Sorbonne, on l'avait arrêtée dans la rue, on lui avait proposé de faire des photos, elle posait pour des magazines, elle défilait pour des couturiers, elle était devenue mannequin, il y avait quelque chose d'effrayant dans sa beauté, pour tout le monde, pour elle-même aussi.

Quand elle vient me chercher à la sortie de l'école, dix ans, quinze ans plus tard, c'est ça que je vois. Elle au milieu des autres mères, normales et ridicules, ma mère plus grande, plus mince, ma mère avec ses grands manteaux et ses lunettes de soleil. Même l'épagneul gros et mal foutu au bout de la laisse la rend encore plus royale, elle pourrait se promener avec un cochon, ma mère, on trouverait ça à la fois conforme et sublime. Tout juste si les gens ne s'écartent pas sur son passage, ou plutôt s'ils ne lui font pas la révérence et ne portent pas les pans de son manteau, s'ils n'adoptent pas le protocole le plus sophistiqué, quelque chose comme celui de l'empire de Chine au début de René Leys. Je m'étonne presque qu'ils arrivent à s'adresser à elle directement, sans user de la troisième personne, qu'ils la tutoient parfois. Elle, tutoie tout le monde. Elle est ultra chaleureuse. Jamais snob. Sois simple, elle dit aux gens qui n'y parviennent pas. Duchesse de Parme dans la Recherche. Ils tombent sous le charme. Tous. Je le vois. Ça les saisit. C'est physique. Ils ne sont plus eux-mêmes. Mes amis, les parents de mes amis, la boulangère, un clochard, n'importe qui. Ils se liquéfient.

Quand je suis avec elle, je regarde les choses se faire, ça marche à tous les coups. Le désir qu'ils ont d'elle. Le désir fou et respectueux. Une reine ça ne se prend pas contre un mur. Une reine on ne pense qu'à elle mais on n'ose pas la toucher. On espère qu'elle se baisse jusqu'à vous. Qu'elle se baisse et qu'elle vous baise. C'est ma mère qui jouit d'ailleurs. C'est son désir souverain qu'elle promène dans le monde. Être son enfant c'est être sexuel d'emblée puisqu'elle l'est. C'est bander et jouir, c'est être frustré et pervers, voyeur et proxénète, calme et furieux, je suis témoin ou complice, je regarde par ses yeux les autres tomber, je suis le fils préféré ou la fille, je suis le prince héritier, tu quoque mi fili je me délecte et j'enrage, j'attends mon heure.

Maintenant, quand je pense à elle, je me dis qu'elle était folle. C'est depuis quelques années que je pense ça. Depuis que je sors avec des femmes. Depuis que j'ai compris que c'était fou à lier une femme.

# 4

Dormir dans une chambre de bonne, dormir chez les amis, dormir chez les maîtresses, ne pas avoir de maison, ne pas avoir de domicile, en changer, bouger, ne rien avoir de domestique, ne pas être domestique, ne pas s'asseoir, se nourrir debout, travailler couché, changer de lieu, changer de lit, ne pas avoir de lit, ne pas avoir de placard, ne pas avoir de bibliothèque, jeter les livres, avoir peu de vêtements, s'occuper de son corps, faire du sport, nager, courir, se raser la tête, se tatouer le corps, séduire, être séduit, quitter, être quitté, s'entraîner, s'améliorer, recommencer, risquer, vouloir, faire, ne pas pleurer, être beau, être un héros, je vis comme ça maintenant.

Ces temps-ci j'habite vers Montparnasse. C'était un hôtel avant. Une table un matelas une casserole. Une cafetière un couteau une fourchette une tasse. Quelques vêtements noirs, gris ou blancs, mon uniforme puisque je suis un soldat. Mes affaires tiennent en deux sacs, je jette quand ça déborde, règle morale, règle esthétique. Ma chambre entre Daguerre et Froidevaux, j'y suis et je n'y suis pas, souvent je suis ailleurs, je suis à vélo, je suis dans le métro, je suis dans la rue, dans les cafés, les piscines, je suis dans les appartements des autres, ceux qu'on me prête quand les gens partent en vacances, ou bien en face, au Savoy, quarante euros la nuit, lit simple, douche sur le palier, quand une fille reste dormir chez moi, que je préfère lui laisser ma chambre puisque moi je ne dors pas. Je peux être n'importe où, ça n'a aucune importance.

Marcher vers le vide, voilà, c'est ça, ce qu'il faut faire, se débarrasser de tout, de tout ce qu'on a, de tout ce qu'on connaît, et aller vers ce qu'on ne sait pas. Sinon on ne vit pas, on croit qu'on vit mais on ne vit pas, sinon on reste avec tout le bric-à-brac et on passe sa vie à ne pas vivre. Ce n'est rien d'autre que ça, ce qu'il faut faire. Ce qui compte ce n'est pas être de gauche ou de droite, riche ou pauvre, ce n'est pas être homosexuel ou hétérosexuel, ce n'est pas vivre dans une chambre de bonne ou un château, être propriétaire ou locataire, marié ou pas marié, on s'en fout complètement de ça, comme on s'en fout d'être une femme, ou blanc ou noir ou d'avoir une famille de ministres, de camés ou d'être orphelin, d'être victime ou coupable, c'est rien tout ça, libre ça n'a rien à voir avec ce fatras, avec le fait d'avoir souffert ou pas souffert, être libre c'est le vide, ce n'est que ce rapport avec le vide.

Aujourd'hui j'ai un corps. Il a fallu des années. Ce n'est pas une idée, ce n'est pas un discours, c'est un fait vérifiable dans la glace. Mon corps est apparu quand je suis devenue écrivain, quand je suis devenue homosexuelle, quand je me suis débarrassée de beaucoup de choses et que j'ai perdu le reste. Concrètement, dans mes muscles et mes tendons, dans mon visage et les os de mon crâne. Ce n'est pas mon nom, c'est mon corps qui m'intéresse. Il faut être très concentré, très sérieux quand on vit comme ça.

# 5

Toujours Paris, toujours la rive gauche, un peu plus bas, entre Montparnasse et Saint-Michel, l'époque c'est fin soixante-dix. Je joue au Luxembourg ou dans les jardins de l'Observatoire juste en bas. Je vais à l'école publique rue Saint-Jacques. Il y a des Portugais, des Espagnols, des Français, un Arabe qui est le fils du garagiste du boulevard Saint-Michel, une Noire qui s'appelle Fatou, une Vietnamienne qui a été adoptée et qui porte un prénom français, sa mère est prof d'histoire-géo je crois, sinon les Français moyens blancs du quartier, des enfants de commerçants surtout, un ou deux enfants de médecins peut-être, généralistes sans doute. Le nom des rues c'est Gay-Lussac, Herschel, l'Abbé-de-l'Épée. Le cinquième alors est un quartier de professeurs, de petits commerçants, d'étudiants, c'est ni riche ni pauvre, c'est le Paris normal de l'époque, petit bourgeois moyen bourgeois, avec ses cafés moches, chiottes à la turque, flippers, odeurs de tabac froid, tartes citron meringuées dans les vitrines, ses stations-service, ses bagnoles qui puent l'essence, les immeubles sont noirs souvent, Paris est encore sale. Les enfants comme ceux de ma famille ne vont pas dans les écoles publiques du cinquième, ils vont dans les écoles privées, à Stan, aux Francs-Bourgeois, au Cours Desir, souvent ils portent des uniformes, du bleu marine, ils portent des robes à smocks et des bermudas en flanelle, des chaussures anglaises, à brides pour les filles, à lacets pour les garçons. On est entre deux époques dans les années soixante-dix, il y a des bourgeois qui sont encore déguisés en bourgeois, mes oncles ne portent pas de jean, mes cousins n'ont pas le droit de mettre des baskets sauf pour le sport. Mes parents ne sont pas comme leurs frères sœurs cousins familles, ils vivent autrement, ils s'habillent autrement, ils lisent d'autres livres, ils pensent autrement. Moi non plus je ne suis pas comme mes cousins, pas non plus comme les autres filles d'ailleurs. Je m'habille comme tous les garçons, ceux de mon quartier, ceux de mon école, à peu près. Mon meilleur ami s'appelle Benjamin. Sa mère et sa grand-mère ont une boutique de déco boulevard Saint-Michel qui s'appelle Home Confort, à côté d'un magasin de motos. Il est comme mon frère, on est toujours ensemble, en classe, après l'école, pendant les vacances. Il vient en Touraine avec nous, je vais en Picardie avec lui, à Rouvroy-les-Merles où il n'y a qu'une route, deux fermes, et la fille du fermier qui tombe enceinte à treize ans. Il est calme comme moi. Plus calme je crois. Je suis calme jusqu'à la rage parfois. On joue aux billes, aux Lego, aux Action Joe, on fait des maquettes, plus tard on fait du roller, on va dans les cafés, faire des flippers, des jeux d'arcade. J'ai un pistolet à plombs, un Pneuma-Tir, les deux cousins du côté de ma mère que je vois le week-end aussi. Samedi on est seuls, on fait ce qu'on veut, leur mère qui est une cousine de la mienne travaille dans un magasin depuis qu'elle a divorcé. Ils ont une sorte de bande, on traîne dans le quartier à roller, avec nos Pneuma-Tir, je suis la seule fille au milieu des garçons, tout le monde est habitué.

Mes parents trouvent que c'est important que je sois à l'école publique. Ma mère dit qu'il faut être moderne, vivre avec tout le monde. Elle dit que ça lui a fait un choc, en sortant de pension après le bac, de découvrir le monde. Comme si elle avait été élevée dans une secte, comme dans les histoires d'enfants de mormons. Mon père ne se pose même pas ce genre de questions.

Ils fument de l'opium le soir. Ils s'allongent. Il y a une lampe à huile qui fait une lumière orange, des coussins chinois en bois laqué pour poser la tête, de longues pipes, il y a des aiguilles avec lesquelles ils préparent la boulette au-dessus de la lampe, avant de la poser sur la pipe du fumeur qui l'aspire. Chacun fait ça pour l'autre. Je les vois parfois, quand je me lève, quand je n'arrive pas à dormir. Je ne dors pas parce que j'ai de l'asthme ou bien j'ai de l'asthme parce que je ne dors pas. Les pipes sont belles. Elles sont dans le salon, sur un meuble noir en ébène, un secrétaire italien ou bien portugais, avec des scènes de chasse en ivoire. La journée je mets mon nez sur le fourneau des pipes en terre cuite, c'est froid et lisse, couleur de brique, un peu noirci par la flamme. L'héro ne sent rien, les médicaments, les Neo-Codion, les Stilnox, les Tranxene, les Valium ne sentent rien. L'alcool pue et fait des corps qui puent. Mais l'opium c'est bon, rien qu'à sentir.

# 6

On entre en voiture, on se gare, elle coupe le moteur, elle se tourne et prend sur la banquette arrière des fraises et de la crème, ou bien une religieuse, elle dit que ma tante aime les choses sucrées, elle dit qu'elle ne reste pas longtemps, j'attends ma mère dans la voiture, je regarde les gens, je réfléchis, c'est un bon endroit pour réfléchir Sainte-Anne, comme la Santé de l'autre côté du mur, d'un côté les fous, de l'autre les condamnés. Je passerai du temps à la Santé plus tard quand je serai avocat, pour voir ceux que je défends, préparer leurs interrogatoires, leurs audiences, leurs demandes de mise en liberté qui échoueront encore puisque la justice ne sert à rien, je reviendrai à Sainte-Anne pour voir mon père quand il fera des cures, qui échoueront toujours puisque ça non plus ça ne sert à rien. Ma mère revient, elle me raconte ma tante qui entend des voix, le général de Gaulle, Napoléon, Jeanne d'Arc, des classiques. Ma tante a toujours eu la folie politique, il faut sauver la France ou bien le Pays basque ou bien venger son père de ceux qui l'ont donné aux Allemands. Souvent ma tante parle de son livre, elle en parle pendant des années, celui qu'elle est toujours en train d'écrire et qui expliquera tout.

Ma tante folle a six enfants. Elle les a laissés aux Antilles. Antilles anglaises. Antigua Saint-Kitts. Pas Guadeloupe Martinique. Ça parle anglais, ça parle toujours anglais dans cette famille. Il y en a une qui est mongolienne et qui va mourir. Mon oncle est noir. Avocat et avec un anglais d'Oxford peut-être, mais noir quand même. J'imagine que ça a fait toute une histoire dans cette famille où ils sont tous racistes. Maintenant qu'elle est folle, que c'est la débâcle partout, on s'en fout, ce n'est plus vraiment le problème. Elle est folle, mais à peine plus que les autres si on y réfléchit, avec leurs délires sur la noblesse, la famille, la France, avec leur alcoolisme qu'ils font semblant de ne pas voir. À part les voix bien sûr. À part qu'elle se fait arrêter par les flics parfois, évidemment. Et qu'elle finit à Sainte-Anne ou ailleurs.

La deuxième est méchante. Hystérique comme les autres. Elle aussi a une fille qui est morte. On ne compte plus les morts dans la famille de ma mère. On remarque à peine la folie, on ne lui cherche même plus de cause.

La troisième est alcoolique plus que les autres, alcoolique à boire de l'eau de Cologne dans les salles de bains des châteaux. Elle est tombée enceinte à seize ans. On s'est arrangé avec la famille du garçon. Une bonne famille. On a caché la grossesse. Après l'accouchement on a placé le bébé en nourrice en Espagne, on l'a récupéré plus tard, un an ou deux plus tard. Ma cousine a été élevée à droite à gauche. Ma tante n'y arrivait pas. Elle buvait trop. On disait de ma cousine qu'elle était difficile. C'est difficile d'être un bâtard dans cette famille. Puis ma tante est morte. C'est peut-être ça qui a aidé ma cousine à s'en sortir.

Elles étaient quatre, ma mère et ses sœurs. Elles sont toutes mortes aujourd'hui. Ma mère était la dernière. Les aînées étaient nées à Paris avant la guerre, les cadettes au Pays basque, à U. L'enfance dans un château. Puis à Paris, avenue Paul-Doumer, dans un très grand appartement. Il y a toujours eu beaucoup de domestiques. À chaque vacances, elles retournaient au Pays basque. Ma mère avait une nurse irlandaise qu'on appelait miss et dont je n'ai jamais su le nom. À huit ans on l'a mise en pension comme ses sœurs. C'est ce qu'on faisait avec les enfants. On les collait dans les bras des nurses et après on les collait en pension. Je ne sais pas où était la tendresse. Du côté des nurses. Les nurses aussi ça fait des chagrins quand ça meurt. Mais on ne pleure pas pour les domestiques. On engrange les chagrins, on ne pleure pas, on devient fou.

Ma cousine A. est morte à deux ans, noyée dans une piscine gonflable. Mon oncle était allé répondre au téléphone, une minute ou deux. Mon oncle et ma tante se sont séparés peu de temps après.

Ma cousine S., la fille mongolienne de ma tante folle, est morte quand elle avait une vingtaine d'années. Je ne sais pas si les mongoliens meurent toujours jeunes. Je ne sais pas si on dit toujours mongolien.

Mon oncle E., cousin de ma mère, à dix-huit ans, accident de voiture en rentrant d'une fête de famille dans un château de famille.

Ma tante M., cousine de ma mère, d'un cancer à quarante.

Mon neveu LJ d'une overdose à vingt-deux.

Il y a d'autres morts.

C'est une petite collection de morts jeunes et de morts violentes dans la famille de ma mère.

Je veux qu'il n'y ait pas l'ombre d'un doute, qu'on comprenne bien, quand je dis je me réjouis des morts, je me réjouis des morts, le respect des morts est la chose la plus dégoûtante qui soit, le respect en général, il n'y a rien à respecter.

# 7

Des jeans, des mocassins noirs ou des Clarks, des chemises en oxford bleues, une cravate toujours, un blazer, une veste, parfois un col roulé, parfois un blouson en cuir, jamais de manteau, ses cigarettes, sa minceur, sa pâleur, ses yeux gris, mon père est toujours élégant. Il a peu de vêtements, il les achète dans le premier magasin venu. Élégant sans y penser, élégant parce qu'il s'en fout. Même maintenant, même vieux, même dans un pyjama à l'hôpital comme l'été dernier pour son cancer de la langue, même à la campagne dans la maison pourrie avec un pull sale et un jean du Super U, avec son oxygène dans le nez, son pacemaker, son Subutex et sa morphine, même avec la pauvreté, la saleté, la vieillesse et la mort, mon père est élégant. Élégant à se foutre de tout, des fringues, du fric, de lui-même et des autres. À ne poser aucune question, à ne rien dire. Élégant à ne jamais être là. Depuis quelques mois si jamais on l'emmerde, il peut même dire Fous-moi la paix je suis en train de crever. Avant il ne disait rien, il prenait juste sa came ou son whisky sans rien regarder. Trente ans que ça dure, sa déglingue. Ou bien quarante, cinquante, difficile à chiffrer. Pendant longtemps, c'étaient les pompiers, les drames, les crises. Depuis une dizaine d'années il ne se passe presque plus rien. On dirait du tai-chi tellement c'est lent. Il ne bouge quasi plus de son fauteuil, télé droit devant, à gauche la cheminée avec la montagne de cendre dont émergent de vieux pots de yaourts cramés, des emballages de glace, de médicaments, tout ce qu'il balance dedans. La maison c'est les objets cassés, la poussière, le jardin c'est les mauvaises herbes et les branches trop lourdes qui finissent par tomber. Tout ça c'est son espace du dedans qui s'étale au-dehors, c'est l'abandon comme obsession, l'impuissance comme volonté, c'est pour ça qu'on ne peut rien y faire, que c'est impossible de réparer quoi que ce soit, que passer des journées dans cette maison c'est passer des journées avec la poussière et le froid, les radiateurs glacés, les assiettes ébréchées, les lampes qui manquent, les prises mortes, le carrelage défait. L'esthétique de Montlouis est une esthétique de décharge, quelque chose qui fait hésiter entre sombrer ou résister à tout, mais ce n'est pas si clair et les deux effets se mélangent, d'anéantissement et d'invincibilité. De temps en temps, à Paris, des gens qui l'ont connu me demandent comment il va. Ils parlent d'un type charmant qu'ils n'ont pas vu depuis trente ans. Charmant, ils disent. Je ne dis pas charmant, si je disais charmant moi aussi je resterais loin de lui. De l'abîme. De la violence de l'abîme. Il n'en dit pas un mot. Il n'y a rien à en dire. C'est solitaire ces choses-là. La douceur c'est autour, c'est la périphérie, les contreforts. Douceur extrême, oui, politesse, délicatesse. Surface des choses. La surface de la vie qu'il n'habite pas. Celle dont il se fout. Je vois rarement mon père, je ne lui parle pas beaucoup, je ne l'appelle pas. D'ailleurs c'est exactement ce qu'il demande, qu'on se foute les uns des autres. Quand on y réfléchit c'est bien aussi. Il ne me dit rien et je ne lui dis rien. Je fais avec lui comme il a toujours fait, je hausse les épaules et je me tire.

Tout ce qu'il reste de l'enfance dans ma vie, c'est lui, son oxygène, son Subutex et ses maladies dans la maison de Touraine qui s'effondre. Cette maison qui heureusement ne sera pas à moi. Je n'hériterai de rien. Les deux fauteuils, les photos, je laisse tout à ma sœur par avance. Je ne parle plus à ma sœur. Quelques mois peut-être et cette histoire sera complètement terminée. C'est pour ça que j'attends sa mort. C'est insupportable tellement c'est lent.

Quand ils se sont rencontrés, il commençait à être journaliste en finissant son droit. Il vivait dans un studio rue Grégoire de Tours, au-dessus d'un boui-boui grec qui s'appelait Zorba. Son père, mon grand-père, celui dont je porte le nom, avait été Premier ministre. Il avait écrit la Constitution. Avait enchaîné avec des ministères. Défense, Finances, Justice, Affaires étrangères, des choses de ce genre, du régalien toujours. Mon père jeune homme avait eu sa chambre à Matignon. Il avait trois frères. Un plus âgé et deux plus jeunes. Il ne s'intéressait pas à sa famille, à ces histoires de famille, à ce discours sur la famille ou sur la France. Il ne leur ressemblait pas. Parfois dans une famille naît un être qui ne ressemble pas. Il avait passé son enfance à lire pour ne pas les voir, pour ne pas les entendre. Ce qu'il voulait c'était se tirer. Ce qu'il voulait c'était être Kessel, Monfreid, Albert Londres, pas Paul Reynaud, pas Charles Bovary. Il avait fait ses premiers reportages en Afrique. Puis en Asie. Là où il y avait des guerres. La violence et la beauté c'est toujours la même histoire. La drogue aussi.

Il est journaliste, il voyage, il écrit des livres. Mon père qui parle. Les guerres de l'opium. Le discours à la Chambre des communes. Les dynasties chinoises. Les fumeries de Toulon. Le Second Empire. Dylan. Rimbaud. Malaparte.

Malcolm Lowry. Les lauriers sont coupés. Norman Mailer. Les peintres aussi. Un milliard d'autres choses. Sa voix douce. Il entre dans mes jeux. Je construis mes mondes avec lui. Mes Lego, mes cabanes, mes déguisements, nos histoires. On construit des mondes. Il comprend l'enfance mon père.

L'Afrique et puis l'Asie. Les guerres. Le Biafra, le Vietnam, le Cambodge, la Chine de Mao. Il connaît tout de ces pays, leur culture ancienne, leur histoire, il dit que les barbares c'est nous. Il peut en parler des heures. Il part dès qu'il peut. Il a toujours fait ça, partir. Mon père regarde tout de ses yeux gris, il parle du monde, il parle des livres, sur lui il se tait, et il se tire.

Qu'est-ce que ça fait de voir tout ça, les morts, des enfants avec le ventre énorme, les hôpitaux de brousse, l'odeur de sang, d'éther, de gangrène, de croiser des garçons de quinze ans pieds nus armés jusqu'aux yeux sur une route déserte, qu'est-ce que ça fait les bruits les lumières de la DCA dans l'hélico. La peur, la mort. Le passeport dans la poche. Il repart. Journaliste français. Reporter de guerre. La mort l'effleure, lui souffle dans le cou, mais c'est les autres qu'elle concerne. Ça pourrait arriver mais ça n'arrive pas.

Avec lui un kebab à Barbès, les puces de Saint-Ouen, les surplus. Vêtements militaires.

J'ai des calots, des képis, des treillis. Je suis érudite des uniformes, des armées, des grades. Présentez armes, garde à vous, repos. Je ferai Polytechnique si vous voulez. Ou bien je serai Lord Jim. J'écoute Bach. Je ne sais d'où je sors Bach, mes parents ont des goûts plus modernes, moi Bach, ça m'obsède.

Ma mère, j'entre dans son monde, mais le monde de ma mère ce n'est pas le monde, c'est elle. Tout le monde fait ça avec elle. On la regarde, on s'aperçoit qu'on n'a jamais vu ça, on se laisse embarquer, on se dit qu'il n'y a rien d'autre qu'elle au monde. Ça vous aspire, ça vous avale, ma mère. On est dans le ventre de la baleine. C'est beau, c'est chaud, c'est spectaculaire. On ne veut rien d'autre. Mon père est comme ça, lui aussi, avec elle. Lui et moi on est comme ça, à la regarder en essayant de comprendre ce qu'on voit. À se faire avaler par elle tellement c'est bon. Parfois on n'en peut plus, alors mon père part faire ses reportages, il va en Chine, il disparaît. Moi j'ai de l'asthme, j'étouffe, la nuit surtout. Comme Bacon et comme Proust. Une maladie de génies. Je passe l'enfance une Ventoline dans la poche, mon petit gode bleu contre ma cuisse, moi aussi j'ai mes médocs.

Ma mère à cette époque c'est un appartement une petite vie tranquille un mari un enfant un épagneul. Et des lunettes de soleil des bottes des manteaux et du maquillage qui disent le contraire de la vie normale. On ne peut pas avoir une vie normale quand on a cette gueule, cette dégaine. Toujours du maquillage. J'ai très peu vu ma mère pas maquillée. Très très peu. Même à la fin quand elle planquait son mauvais whisky sous l'oreiller.

Une princesse belge, Fanchon van quelque chose, qu'est-ce qu'on peut rêver de mieux comme dealeuse ? Elle aussi a été mannequin. Fanchon c'est un surnom. Les aristos se donnent des noms de poneys. Quand je pense au mot bohème, je pense à l'appartement de Fanchon, sombre et en désordre, des vêtements jetés sur les canapés, des coussins, des rideaux, une ambiance de théâtre. Malte Laurids Brigge façon Nan Goldin et Cookie Mueller. On passe cinq minutes après l'école. C'est à deux pas, un peu plus haut rue Saint-Jacques, en face du musée de la Mer. On me dit d'attendre dans une pièce, ma mère suit Fanchon, revient me chercher. Ce que je sais est vague, mais je sais, les enfants ne sont pas si bêtes. D'habitude c'est mon père qui va chez Fanchon, il appelle, il dit Est-ce que je peux passer, il y va, seul. D'habitude c'est mon père qui s'occupe de la came, c'est lui le tox depuis toujours, depuis qu'il a vingt ans, c'est ce qui l'intéresse dans la vie. Ça et ma mère.

Même quand elle est morte. Des années et des années après. Ce n'est pas faible un camé, c'est le contraire de faible, c'est des gens qu'on n'arrête pas. Éducation de chevalier.

Ils se sont toujours disputés. Que je sois là n'y change rien. C'est lui qui cogne et pourtant il me semble que c'est elle la violence, qui veut la violence, qui la fait apparaître chez lui, une violence qu'il ne connaissait pas. Lui sans elle n'est jamais violent. Ne l'a jamais été depuis. Jamais, dans aucune phrase, dans aucun autre geste de sa vie je n'ai vu mon père ne serait-ce qu'énervé. Je ne l'ai jamais vu en colère. Même avec l'alcool, même dans d'autres moments durs, jamais un mot plus haut que l'autre. Doux comme un agneau. Gandhi. Avec elle il devient autre chose. Il a accès à autre chose. Peut-être qu'il cherche sa violence, peut-être qu'il aime la trouver. C'est quelque chose entre eux. Leur fix de speed. Avec l'opium derrière qui fait dormir et qui assomme tout. Le lendemain parfois elle a la trace des coups sur le visage, œil au beurre noir, pommette et lèvres fendues, c'est comme une gueule de bois. Ils s'aiment comme ça, depuis toujours, depuis avant moi. Ça les épuise. Parfois elle dit qu'elle va le quitter ils ne se quittent pas, bien sûr que non.

J'ai aimé mon père, j'ai aimé ma mère, comme tout le monde, et alors ? J'insiste : Et alors ?

# 8

Je ne m'intéresse qu'à ce qui m'intéresse. C'est une décision que j'ai prise il y a cinq ans. C'est très facile. C'est même fou comme c'est facile. C'est surtout ça l'avantage, l'effet de simplification. Ce qui m'intéresse, c'est l'existence même, pas du tout les conditions de l'existence. Par exemple que j'habite dans une chambre de bonne vers Montparnasse – ou bien dans 9 mètres carrés place de la Contrescarpe, ou bien chez un copain rue Chapon, ou bien dans un deux-pièces boulevard de Clichy, ou bien dans un studio en haut d'une vieille tour à Arles –, ou que les années d'avant j'habitais à droite à gauche, ou qu'à certains moments je n'avais plus du tout d'argent, ou que maintenant ça va un peu mieux, ce sont des choses qui sont sans importance. Je pourrais très bien avoir un grand appartement, des meubles, des objets, des vêtements, du fric, ça n'aurait pas d'importance non plus. Que je vive ici ou là, les gens à qui je parle qui ne sont pas la femme que j'aime, ce que je lis, si j'ai bien dormi ou mal dormi, ce que je mange, ça n'a pas d'importance. Quoi qu'il arrive je travaille, je nage, je vois la femme que j'aime ou bien je ne vois personne. C'est organisé. Organisation légère. S'il y a quelque chose de neuf qui m'intéresse, je le fais entrer facilement dans mon organisation. Depuis que je vis de cette manière, il m'arrive plein d'événements intéressants. Par événements j'entends tout ce qui peut avoir du sens par rapport à mon travail ou par rapport à ma vie, ce qui revient au même puisque mon travail aussi c'est sur l'existence même. Par événements je pense par exemple aux femmes. Elles viennent. Je leur plais. Quand elles me plaisent aussi je vais dans leur lit. Il n'y a aucun malentendu. C'est parce que je vis comme ça qu'elles viennent. Alors je continue. Et quand ça ne marche plus je m'en vais ou bien parfois c'est elles. C'est la même chose avec les appartements. Quand j'en ai assez de vivre où je vis je m'en vais. C'est facile. Je peux très bien vivre sans appartement comme je peux très bien vivre sans maîtresse. Dans la vie il y a ce qui entre et il y a ce qui sort. Je crois que c'est ça que j'appelle les événements. Les entrées et les sorties. Ça m'intéresse toujours. Pour que ça arrive, les entrées et les sorties, pour que ça passe avec fluidité, il faut être léger au centre. No agenda. No possession. Pas d'opinions, non plus, pas trop. Avoir un centre aussi léger que possible. Voire ne pas avoir de centre du tout. Ma vie est très simple maintenant. Que ça passe par l'homosexualité on ne va pas y passer des heures. Pas de flou, pas de mou. On ne peut pas avec un tel programme.

# 9

Dans la famille il n'y a pas d'ouvriers, de paysans, de domestiques, d'instituteurs, de commerçants, de petits fonctionnaires, pas non plus de taulards, de putes, de pédés, d'assassins, pas d'étrangers, d'exilés, d'immigrés. Dans la famille, il y a des ministres (de De Gaulle, Pétain, Giscard, Pompidou, Napoléon III, Louis XV, etc), des députés (de tous les régimes), des comtes, des barons, une duchesse, deux peintres célèbres, un architecte de gares, un Prix de Rome, des rabbins, des pasteurs, des professeurs de médecine, des diplomates, des membres du Jockey Club, des académiciens. Aristocratie incluse, la bourgeoisie est ridicule. Ils se croient importants, ils sont ridicules. Si les bourgeois se voyaient, si les non-bourgeois savaient. Ridicule au point que ça devrait être interdit. C'est ce grotesque de la bourgeoisie – de toutes les bourgeoisies car c'est un panel infini – qui rend sa violence particulière, qui la rend insupportable. J'ai longtemps eu du mal à comprendre que la violence de classe soit passée de mode, la violence de classe de bas en haut, j'entends. Celle qui va de haut en bas, je la connais bien, je la connais par cœur, je la connais de l'intérieur. Ça a été mon enfance d'observer ceux qui font la loi, comme ça ne connaît rien du monde ces gens-là, de bien voir comme ils étaient laids en plus. C'est quand même un signe, l'inélégance, l'absence de question sur soi jusque dans les corps, les visages, les vêtements, les coupes de cheveux, tout ce qui se montre. Par exemple à Paris sur la ligne 4 du métro c'est quelque chose qu'on voit bien, comment ça se répartit la beauté et la laideur parmi les classes, les gens beaux de Porte-de-Clignancourt à Strasbourg-Saint-Denis, et les gens vides à mesure que la ligne s'embourgeoise, du Marais au sixième, comme ça porte peu son corps, un bourgeois. J'ai bien vu tout ça, enfant, la violence et la laideur de ceux qui font la loi, et plus tard, celles de ceux qui l'appliquent. Ça a longtemps été mon job de voir ce qu'était la justice, de voir les juges faire leur boulot, leur boulot qui est de mettre en taule les pauvres, puisque la loi est contre les pauvres, puisque la justice est contre les pauvres, que c'est comme ça et peut-être que ça ne peut pas être autrement, peut-être que ce n'est même pas la faute des juges, que c'est à un autre niveau que tout ça se joue, à un niveau peut-être impossible à défaire, je ne sais pas, je sais que de voir ça de près vous dégoûte. Au début on croit qu'être avocat c'est défendre, c'est s'opposer, et puis on comprend que c'est permettre, permettre aux juges de faire leur sale boulot à eux, permettre à la justice d'écraser tranquille, que c'est à ça qu'on sert, les avocats, à légitimer la violence, la violence de classe de haut en bas. L'autre, celle qui va de bas en haut, on dirait qu'elle a disparu. Les pauvres c'est entre eux qu'ils se violent, qu'ils s'assassinent. Alors voilà, qu'est-ce que vous voulez qu'on fasse pour eux. C'est pour des raisons de ce genre que j'ai arrêté d'être avocat. Avant ça me dégoûtait, maintenant je m'en fous, je m'en fous des pauvres, je m'en fous des riches, je m'en fous des bourgeois et des non-bourgeois, je m'en fous vraiment, profondément, je m'en fous tellement vous n'avez pas idée. C., les clodos ça peut la faire chialer, elle leur donne toujours du fric, elle donne des billets, moi ça fait longtemps que je donne que dalle, que je ne les vois plus, que je n'ai plus pitié. Qu'ils ne viennent pas me déranger, qu'ils ne viennent pas me demander de l'argent ou une cigarette, tais-toi, tais-toi t'entends. Un jour je finirai par en gifler un, de pauvre qui me dérange, ça finira comme ça. La lutte des classes je m'en fous, les pauvres je m'en fous, mes ancêtres ministres et mes ancêtres aristos, je m'en fous pareil. Tais-toi. Tais-toi t'entends. Tous autant que vous êtes, taisez-vous.

# 10

L'été on va dans le château basque de ma mère. Ma mère bronze sur les toits. On va plonger dans la Nive glacée quand il fait trop chaud. Je les regarde elle et ses sœurs plonger dans le gouffre depuis les arbres. Elles sont comme des animaux, avec leurs corps minces, musclés, tendus, bruns. Il y a toujours des disputes. On a toujours l'impression qu'elles vont se tuer. Les hommes c'est les maris, c'est à part. Ils ne sont pas la puissance, la violence, la beauté, ils sont des corps blancs et fragiles. Une dispute plus violente que les autres un soir dans la grande cuisine, je regarde les couteaux sur la table à la hauteur de mes yeux, je me demande quand elles vont les voir comme moi et s'en saisir et aller au bout de leur violence qui ressemble à la Violence, ça me semblerait normal, cohérent avec ce qu'elles sont, je n'y verrais aucune rupture. Mais non, dans les cris et les injures, l'une tourne le dos, quitte la pièce par l'escalier de service et puis tout se calme. Et de nouveau les siestes sous le cèdre l'après-midi, ma mère qui bronze sur les toits, la Nive, les dîners où les adultes sont beaux. Ma vie, l'été, là-bas, c'est un béret, des espadrilles, le parc, les vieux chevaux, le fronton et les garçons du village qui jouent mieux que moi à la pelote puisqu'ils vivent ici. Je ne sais pas s'ils me regardent bizarrement à cause du château ou parce que je suis une fille, ou parce que je suis une fille à ma façon. Tout l'été je pisse debout comme un garçon, je vais voir les chevaux le matin, j'essaye de jouer à la pelote, j'apprends à faire du vélo, je monte à cheval derrière ma mère, je nourris des canards dans une grange qui pue. Un jour je partirai, en attendant je m'entraîne. C'est ça que je fais, quand je fais du vélo, quand je construis des cabanes, quand j'apprends l'anglais, quand je lis des histoires de héros, toute l'enfance je m'entraîne et j'attends.

Le château a brûlé quand j'avais cinq ans, il y a eu un incendie une nuit, ça a fait comme un mort, j'étais déjà habituée aux morts. C'est toujours bien un incendie à défaut d'une révolution. De toute façon ma mère n'en pouvait plus de sa famille. Il faut bien s'en débarrasser. On ne va plus au Pays basque, on va en Touraine chez les parents de mon père. Ce ne sont plus les Guermantes, c'est les Verdurin. Bien sûr j'ai lu Proust, puisque j'ai lu tous les livres, avec la famille que j'ai, avec le caractère que j'ai, avec ce que je fais aujourd'hui qui n'est rien d'autre qu'écrire, qui est la seule chose importante, mais Proust c'est bientôt mort, il faut que ça meure, Proust et tous les autres, tous les livres peut-être, peut-être que c'est urgent que la littérature meure, la littérature qui partage le monde, la littérature qui est devenue le contraire d'elle-même, qui est devenue la bourgeoisie même, son rempart, sa décoration, sa justification, comme l'Église est devenue le contraire du Christ, qui était la pauvreté, la religion des pauvres et du pur amour, et pas le pouvoir, la littérature doit mourir peut-être, pour redevenir cette chose de la nuit, cette activité de cafards, ce langage de rats, et non cette chose affreuse, cette chose culturelle, aussi répugnante que les autres choses culturelles, alors que les livres n'ont rien à voir avec la culture, que ce qu'il y a dans les livres, c'est beaucoup plus important que la culture, que ce qu'il y a dans les livres ce n'est pas le beau, ce n'est pas le spectaculaire, ce n'est pas la distraction, ce n'est pas le goût, ce n'est pas l'époque, les questions de l'époque et le débat d'idées, c'est juste cette chose de rats ou de cafards, ce qui est absolument solitaire dans l'expérience, peut-être que les écrivains doivent redevenir ce qu'ils sont, ce que je suis, un cafard, un rat. Écrire ce qu'on est seul à savoir. Ce qu'on a vu. Ce qu'on a compris. Écrire comme on n'y comprend rien. Ou bien se taire. Peut-être que c'est devenu sale aussi les livres.

La Touraine des Verdurin c'est Montlouis, et à Montlouis il y a mes cousins. Souvent mes oncles et mes tantes. Mes parents s'installent dans une chambre éloignée ou dans une petite maison qui n'est pas la grande maison. Souvent ils ne déjeunent pas, ils ne se mettent pas à table. Ma mère porte des lunettes de soleil, mon père rentre à Paris dès qu'il peut. Ils s'emmerdent. On voit bien qu'ils ne peuvent que s'emmerder avec ceux-là, avec les autres frères, les femmes des frères, avec mon grand-père ministre. On voit bien qu'il n'y a que ça à faire, devant les gratins la compote la soupe et les entrecôtes, qu'à s'emmerder tellement c'est chiant cette vie-là, les phrases qui vont avec, que ça donne envie de faire valser les plats, de leur dire comme on s'en fout de l'entrecôte et puis du ministre et de leurs fausses phrases sur la France et de cette fausse famille et tous ces faux mots. Avec ces gens qui n'ont pas de corps. Avec le grand-père ministre qui n'a pas de corps, qui n'a que son titre de ministre derrière sa cravate moche, son nom et l'histoire qu'il se raconte et que tout le monde achète.

Avec ces fils qui cachent leurs corps derrière leurs fausses phrases, qui cachent leurs peurs derrière leurs mariages, leur nombre d'enfants bien comme il faut, et leur carrière aussi, à tout ce qui ne ressemble à rien de vrai. Ces fils à papa qui ne veulent que ça, être le fils préféré, qui mettent tout le monde à contribution, leurs femmes et leurs enfants, dans cette grandiose entreprise, s'appeler Debré. C'est l'affaire de leur vie, peut-être que ce n'est pas leur faute, peut-être qu'ils n'ont rien lu, qu'ils ne savent pas que ça n'existe pas, un nom. Tous ceux qui en doutent sont leurs ennemis. Dans la vie c'est soit la beauté, soit le pouvoir. Le pouvoir c'est pour ceux qui n'ont pas le courage d'être beaux. Il y a une guerre entre ces deux camps, depuis toujours, depuis l'Iliade et l'Odyssée. Il suffit de les mettre les uns à côté des autres pour voir que ça ne va pas. Qu'ils n'ont rien à se dire. Mes oncles et mes tantes n'aiment pas mes parents et réciproquement. Ça se regarde en chiens de faïence, même si personne n'en dira jamais rien. Par son indifférence, sans un mot, mon père est celui qui dénonce leur système. Ma mère est une provocation, par sa beauté, par son milieu, par sa classe. Elle ne dit rien, elle est polie, mais ça transpire par tous ses pores qu'elle les méprise. Qu'à tout prendre dans cette maison c'est les domestiques qu'elle préfère.

Toute famille crée sa folie et l'alimente puisqu'elle ne tient que par elle. Les bourgeois ne sont pas moins fous que les aristos. Ils sont fous, bien sûr qu'ils sont fous les Debré, leur folie, ils l'appellent l'État, ils l'appellent la France. Pour oublier peut-être qu'ils sont un peu juifs. Il a oublié qu'il porte un nom juif, le Premier ministre, que son grand-père était rabbin, qu'il a des cousins qui ne sont jamais revenus des camps. Ça aurait été une autre histoire, peut-être, si Debré ça avait été Blum ou Aron, ça aurait été plus difficile pour eux d'oublier qu'ils étaient juifs. Mais non, Debré ne sonne pas juif, et si on ne sait pas on ne sait pas, alors eux aussi ils ont fait comme s'ils ne savaient plus, comme si Debré n'était pas juif. C'est plus commode, puisque leur grande idée c'est qu'il faut être français et que pour eux être français, c'est ne pas être juif. Il y a un mensonge dans leur amour pour la France, dans leur obsession pour la France, la France éternelle de la Chanson de Roland à Péguy en passant par Racine et Barrès, la France universelle, la France jacobine, celle qui dit qu'on est français et rien d'autre, pas breton pas alsacien, pas riche ni pauvre, pas juif, il y a une folie dans cette France en laquelle ils croient et qu'ils écrivent eux-mêmes avec leurs lois et leur Constitution. Une folie ou un mensonge, une honte, la haine du juif en eux. Qu'est-ce que ça veut dire, juif, pour eux ? Quelle impureté ils y voient ? Quelle tache ? C'est comme une homosexualité latente ou un complexe de classe. La pureté c'est la France. Ils sont contre Israël. De la Shoah on ne parle jamais. C'est quelque chose qui n'a pas existé. Il y a eu la guerre et ça on en parle beaucoup, il y a eu les résistants et les collabos, les Allemands et les Alliés, mais les juifs dans tout ça on n'en parle jamais. Les cousins alsaciens qui ne sont pas revenus, on n'en parle jamais. Leur religion c'est la France du Recueil Lebon, la chronologie des rois de France, les grandes lois de la Troisième République. Le reste ça n'existe pas. Les rabbins de Westhoffen ça n'existe pas.

# 11

La démence partout, le délire tout le temps. Il n'y a qu'à voir la logorrhée, l'obscène logorrhée des adultes, et le silence des enfants gênés par les adultes, les enfants gênés par leur mère, gênés par leur père, par tous les autres. Il suffit de sortir, d'aller dans les parcs, à la sortie des écoles, de traîner dans les rues, ça pullule de parents hystériques et d'enfants gênés. Et d'enfants silencieux. D'enfants qui se taisent. Les enfants à qui on explique bien que ce qui est interdit, la seule chose vraiment interdite, c'est de dire aux adultes de se la fermer, alors que c'est la seule chose qui serait vraiment nécessaire, la seule chose salutaire. Quand parfois ça vient, plus tard, par exemple à l'adolescence, on dit que c'est une crise, on dit que ça passera, plutôt que d'écouter, plutôt que de se la fermer et d'avoir honte, on les engueule comme si c'était eux qu'il fallait punir, on les emmène chez le psy comme si c'était eux qu'il fallait soigner. Les enfants qu'on dresse à aimer les fous, à obéir aux cinglés, à réciter leur rôle dans cette pièce folle qui est l'enfance racontée aux enfants, qui est les familles racontées par les familles, les parents racontés par les parents, les mères qui se racontent, les pères qui se racontent, la bourgeoisie qui se raconte, l'école qui se raconte, dans sa petite violence qui prépare bien à celle d'après, toute la violence domestique qu'il faut bien accepter et que le monde protège. L'inceste et les baffes c'est interdit, le reste est autorisé, c'est la loi qui le dit, tout ce qui n'est pas interdit est autorisé, article 111-4 du Code pénal, « La loi pénale est d'interprétation stricte. » Qu'est-ce que vous êtes prêts à encaisser ? C'est ce qu'on devrait demander aux nouveaux-nés avant de leur donner un prénom.

Les noms c'est comme des cartes Pokémon, ça vient avec des points. Des points en plus ou bien des points en moins. Dans la guerre des noms, la famille de mon père l'emporte sur la famille de ma mère. Le nom de mon père, de mon grand-père, de mon arrière-grand-père, mon nom, donc, l'emporte sur beaucoup de noms. La France, l'État, la politique, la médecine, et même un peu les arts, c'est eux, c'est nous. C'est ça qu'ils se racontent, qu'ils me racontent, que les autres aussi me racontent, puisque les autres y croient. Il est même dans les rues et sur des bâtiments, mon nom, il me tombe sous les yeux et la voix de madame RATP me le rappelle, au cas où je voudrais descendre à la prochaine station qui s'appelle comme moi. Leur obsession pour leur nom propre (mon nom propre, moi qui n'ai pas de propriété, mon nom de famille, moi qui n'ai plus de famille) est comme une protection contre la mort, leur rempart contre le tremblement, car les bourgeois sont des gens qui tremblent, c'est ça souvent que les autres ne voient pas, la peur immense des bourgeois. Dans cette histoire du nom, j'ai moi aussi une place. Au début on me regarde de travers avec mes colères silencieuses et mes vêtements de garçon, on me prend à part, on me demande pourquoi. Mais quand je grandis et que je rapporte des mentions, et quand Henri-IV et quand le droit et encore des mentions, et puis le barreau, et puis tous mes petits succès bourgeois de ce genre, bien sûr je commence à leur plaire. J'aurais pu être l'héritier parfait. Ou plutôt le seul héritier c'était moi. Ce n'était pas ma sœur, ce n'était aucun de mes cousins. Tout le monde le savait et moi aussi. J'aurais pu être comme eux, j'aurais pu accepter. Plutôt crever, P.l.u.t.ô.t. C.r.e.v.e.r comme j'ai fait tatouer sur mon cou, C. n'aime pas mais moi ça m'aide à rester cadrée. Bien sûr que l'héritier c'est moi, bien sûr je les déshérite.

J'ai dit que je me foutais de tout mais ce n'est pas vrai. La vérité c'est que je suis le contraire de quelqu'un qui s'en fout. Tout ce que je fais c'est parce que je ne m'en fous pas. Quand je quitte une femme, c'est parce qu'il n'y a pas d'amour et qu'on n'a pas le droit de mentir sur l'amour. Si je ne suis plus avocat, c'est parce que j'ai quelque chose de plus important à faire, cette chose étant mes livres, mes livres étant d'expliquer ce qu'il se passe, parce que c'est ça, mes livres, mes livres ce n'est pas raconter ma vie, mes livres c'est expliquer ce qu'il se passe, et comment on doit vivre. Mes livres c'est quelque chose que je fais contre la vie lamentable, pas autre chose, la vie lamentable que j'ai vue, la vie lamentable que je vois partout. Ça me paraît important que quelqu'un dise ça aux gens. Qu'on parle de la vie lamentable. Ça me paraît important de poser la question de la vie lamentable, de s'attaquer à cette question, plus important que de défendre des pauvres qui de toute façon iront en prison parce que c'est comme ça, parce que la justice est la conséquence de mille conséquences et que ça ne sert à rien de s'occuper des conséquences des conséquences, qu'il vaut mieux s'occuper des causes, alors vu que je ne fais pas la révolution, j'écris des livres, mais je voudrais qu'on me lise bien, je voudrais qu'on ne me dise pas d'être sympa, de faire la fille sympa, polie, qu'il faut faire attention avec mes phrases, qu'il ne faut pas donner l'impression aux gens que je leur crache à la gueule, alors que c'est exactement ce dont les gens ont besoin, qu'on leur crache à la gueule, qu'on leur explique que ça suffit avec la vie lamentable, puisque ça les tue la vie lamentable, puisque ça tue tout le monde la vie lamentable. Les gens ne sont pas sérieux. Ils ne sont pas sérieux avec leur corps. Ils ne sont pas sérieux avec le travail. Ils ne sont pas sérieux avec leurs désirs. Ils ne sont pas sérieux avec l'amour. Ils ne sont pas sérieux avec ce qu'ils pensent. Ils ne sont pas sérieux avec eux-mêmes. Ils ne vont pas jusqu'au bout. Ils vont à demi. Ce n'est pas toujours facile d'aller au bout de ces choses. Mais il faut être sérieux. Il faut essayer. Moi maintenant j'ai choisi, j'ai choisi depuis des années et tout est devenu très simple, même quand ça ne va pas, le bonheur on s'en fout, le bonheur ça n'existe pas, l'objectif est supérieur il est moral et il est pratique, ce qui compte c'est d'avoir choisi, ce qui compte c'est la décision, ensuite tout est simple, c'est mon organisation maintenant, mais vous, qu'est-ce que vous voulez, qu'est-ce que vous choisissez, quelle vie, quel camp, car on ne peut pas ne pas choisir, on ne peut pas s'en remettre aux éléments, à la fatalité, aux habitudes, aux autres, aux forces extérieures. C'est mon obsession la vie lamentable, j'y réfléchis depuis que je suis née, j'amasse du savoir contre, ce que je raconte ce ne sont pas mes émotions, ce ne sont pas mes sentiments – les émotions et les sentiments sont des choses répugnantes –, ce sont mes idées, mes idées contre la vie lamentable, si je vis comme je vis, si j'écris ce que j'écris, ce n'est pas pour moi, ce n'est pas par goût personnel, le goût personnel est une chose minuscule, le bon goût, le mauvais goût, c'est le degré zéro de la pensée, le goût, l'approche des choses par la question du goût c'est l'abandon de la question morale, la seule qui compte, ça a commencé avec Barthes, tout ça, avec les petits enculages de mouches de Barthes, typique de la bourgeoisie intelligente mais nulle, impuissante, mélancolique, prétentieuse, moribonde, mortifère, la littérature bourgeoise qui parle aux bourgeois, la littérature pour que rien ne bouge, mais Barthes aussi va disparaître et je précise que je préfère Proust, Proust au moins c'est le contraire de l'impuissance, Proust était complètement cinglé lui au moins, et ne s'excusait pas de l'être, non, si je vis comme je vis, ce n'est pas pour mon petit confort personnel, c'est par rapport à l'ordre des choses, c'est parce que je dois faire ce que je fais, sinon le monde serait fou, voilà ce que je pense, que je sauve le sens du monde avec ma vie. Si je vis comme je vis, si j'écris ce que j'écris, c'est parce qu'à un moment quelqu'un doit faire ce que je fais, qu'on n'en peut plus de la petite obscénité de la bourgeoisie et de la petite obscénité des familles et de la petite obscénité de l'enfance, qui sont la même obscénité, parce que ces trois choses, la famille, l'enfance, la bourgeoisie, se tiennent la main dans ce cirque fou dans lequel on nous enferme, qu'on nous sert tous les jours dans les livres, les magazines, chez les psys, les juges, dans nos papiers d'identité, cette folie qui est partout. Ce ronron insupportable de bêtise de violence de laideur. Elle a le vent en poupe, l'obscénité, depuis qu'il n'y a plus de révolution, depuis qu'on nous dit qu'il faut accepter le monde tel qu'il est, ne plus prendre les armes, ne plus tuer père et mère, ne plus renverser les pouvoirs, assassiner les puissants, depuis qu'on nous dit que la guerre n'est pas raisonnable, qu'il n'y a pas d'ennemis, qu'il faut rester chez soi, attendre la mort, ne plus se débattre, être content. Ce que je crois, c'est que personne n'est qu'une personne, que chacun est l'instrument d'autre chose dans les grands équilibres du monde, un rôle à choisir dans la guerre de tous contre tous, du juste et de l'injuste, du bien et du mal. Oui, c'est contre l'obscénité de la vie lamentable que je vis comme je vis et que j'écris. C'est vivre autrement qui me ferait vomir, qui me ferait honte, ce serait m'habiller comme s'habillent la plupart des gens, lire les livres lamentables que les gens lisent, vivre comme ils vivent, aller chez le psy pour supporter tout ça, se bourrer la gueule pour supporter tout ça, acheter des choses pour supporter tout ça, ne pas le supporter mais le supporter quand même, qui me rendrait dingue. Il faut tout refuser, refuser tout ce qu'il est possible de refuser dans la vie lamentable, ne pas consentir, ne pas laisser passer l'insupportable, c'est contre l'obscénité que je refuse ce que je refuse, que je trahis ce que je trahis. Je trahis l'origine par principe, comme point de départ de tout, parce que l'origine doit toujours être trahie, parce qu'accepter l'origine est le premier renoncement qui entraîne tous les autres, que c'est la première complicité ou la première lâcheté, la première humiliation aussi, que la refuser est le premier sursaut, celui qui permet tous les autres, parce qu'il faut savoir trahir, trahir tout ce qu'on nous demande d'accepter de l'obscénité du monde, que je trahis comme j'ai trahi mille fois, comme je trahirai encore, je trahis pour savoir ce qu'il y a quand il n'y a rien, je trahis pour prouver que la base du monde est un mensonge, qu'il faut tout réinventer, mais qu'avant il faut tout détruire, que si on veut pouvoir se regarder dans la glace une fois avant de mourir, il faut tout passer par l'acide, l'essence et le feu, avoir fait ça.

# 12

Ma sœur m'a appelée. On ne se parle plus depuis des années. Elle est enceinte du troisième, elle s'est installée à la campagne, en Touraine, pas loin de la maison de mon père, elle a mis ses filles dans une école privée, elle a un chien, une maison, un 4×4, un mari qui est avocat, qui a une barbe, une moto, un château. Il n'y a rien à dire et c'est pour ça essentiellement qu'on ne se parle pas. Qu'elle soit ma sœur n'y change rien. Qu'est-ce que je peux lui dire, à ma sœur, puisqu'elle croit à des choses auxquelles je ne crois pas. Elle croit à l'enfance, elle croit aux parents merveilleux et tragiques, elle croit qu'il faut jusqu'à la mort être l'enfant de ses parents, la mère de ses enfants, la femme de son mari. Des choses qui pour moi n'existent pas. Des choses qui pour moi sont des mensonges. Des choses qu'on se dit pour ne pas penser. Elle m'a parlé de mon père, des tumeurs aux poumons, des métastases au foie et dans un os, elle ne savait plus lequel. Elle a dit qu'il allait voir le médecin lundi, qu'on lui ferait une ponction pour voir ce qu'on pouvait faire, elle disait que le médecin ne pouvait pas répondre à la question du temps qu'il reste, elle a pleuré, je n'ai rien dit. Elle m'a dit Il allait bien quand tu y étais, et que ce serait bien que j'y retourne, j'ai pensé qu'on ne se parlait pas beaucoup lui et moi quand j'y étais, il y a deux mois, quand j'y avais passé plusieurs semaines, j'ai pensé qu'il était déjà en train de crever, que je le voyais, qu'il me le disait, que je ne lui disais pas que ce n'était pas vrai. Il regardait des séries pour se distraire de sa mort, c'était nouveau les séries, c'est ce qu'il faisait toute la journée, ça avait l'air de marcher, je me disais que c'était bien les séries quand on était en train de crever. Je lui achetais des Bounty glacés et des Snickers glacés quand j'allais au Super U, c'était ce que j'avais trouvé, ça l'intéressait plus que ce que je lui disais, d'ailleurs je ne lui disais rien, lui non plus ne me disait rien, on ne se parlait pas, on n'aime pas trop ça mon père et moi, qu'est-ce qu'on peut dire, il n'y a rien à dire, c'était plus facile pour moi d'acheter des Bounty glacés et des Snickers glacés que de lui parler, et pour lui de me dire merci et de les manger que de me répondre, j'ai pensé que c'était toujours autre chose quand les choses comme la mort se précisaient, j'ai pensé que ce n'était pas la mort le problème, c'était ce qu'il fallait faire pour y arriver, toutes les étapes, j'ai pensé que c'était bizarre que ma sœur pleure, j'ai pensé qu'elle avait peut-être fait sa vie comme ça, à se raconter que les gens qui comptent c'est son père son mari et ses enfants, sans se poser de questions, parce qu'ils étaient là, parce que c'était comme ça, j'ai pensé que c'était facile de se dire c'est ça l'amour, c'est ce qui tombe sur ceux qui sont autour, j'ai pensé que c'était une façon de ne pas se poser la question de l'amour, j'ai pensé que ça faisait très longtemps que mon père et moi on ne s'aimait plus, que c'était ce que j'avais vu il y a deux mois, chacun à un bout de la maison à ne pas se parler parce qu'on n'avait rien à se dire, j'ai pensé que c'était normal puisque ça faisait très longtemps que l'enfance était passée, que ça faisait très longtemps qu'il ne savait rien de ma vie et qu'il n'en voulait rien savoir, que sa vie c'était regarder des séries ou la télé et c'était tout, qu'il ne s'intéressait plus à moi ni à ma sœur, que je savais bien qu'il n'en avait rien à foutre de ma sœur comme il n'en avait rien à foutre de moi, j'ai pensé que moi non plus je ne pensais plus à lui, à sa mort, comme lui ne pensait plus à moi, à ma vie, que c'était logique, que c'était juste, que je pensais plus souvent aux amis de circonstances ou à la fille du moment qu'à mon pèrc, ma mère morte, ma sœur, mon fils de douze ans que je ne vois plus depuis quatre ans, j'ai pensé que la famille était quelque chose qui avait totalement disparu de ma vie, j'ai pensé que ce n'était pas quelque chose de triste ou de grave, j'ai pensé que c'était normal, que c'était plutôt sain de penser des choses comme ça, j'ai pensé que si on ne voit plus les gens ils finissent par disparaître, et que père mère enfant ça ne veut pas dire grand-chose s'ils ne sont plus présents, sauf pour les gens qui veulent y croire, et la plupart veulent y croire, mais que moi j'avais toujours été comme ça, et sans doute mon père aussi, à ne croire qu'à ce qui existe dans la réalité concrète, qu'à ce qui est avéré par des faits, et que concrètement la famille avait pour moi totalement disparu de la réalité, que c'était devenu un mot dépourvu de tout fait matériel, que le mot s'était vidé de sa substance, démontrant que le mot était vide puisqu'il pouvait l'être, j'ai pensé que cette expérience non intentionnelle, que cette succession d'accidents dans ma vie allant tous dans le même sens d'une disparition de la famille, m'avait fait atteindre une forme de modernité de la pensée et de l'existence, que c'était quelque chose que j'avais réussi, que j'avais prouvé, qui avait été prouvé en moi, que j'étais la preuve in concreto par l'absence de famille dans ma vie, alors que j'avais encore un père un fils une sœur, alors qu'ils n'étaient même pas morts, alors qu'on vivait dans le même pays, dans la même ville, dans le même quartier parfois, qu'on vivait dans le même espace spatio-temporel, que j'étais moi Constance Debré, par mon existence, la preuve in concreto que la famille n'est qu'une illusion, comme Galilée avait prouvé que le Soleil qui tourne autour de la Terre était une illusion, que c'était toujours bien d'être la preuve in concreto du caractère fallacieux d'une hypothèse intellectuelle, de démontrer la fausseté de choses banales, d'apporter la preuve qu'elles ne sont que des croyances, non la réalité, tels la religion, le marxisme, le capitalisme ou la psychanalyse, comme toutes les pensées de systèmes auxquelles on peut choisir de croire, qu'on peut choisir de suivre, mais sans la moindre preuve matérielle de leur véracité, et que par conséquent on peut aussi décider de ne pas croire, de ne pas suivre, j'ai pensé que c'était bien de s'approcher de la vérité, que je n'y voyais aucune tristesse, aucun désagrément, aucune tragédie, que je trouvais que c'était toujours mieux que de se raconter des histoires sur des gens qui ne vous aiment pas et que vous n'aimez pas. Je me suis demandé si les gens qui me liraient allaient se dire, oui au fond c'est vrai ça n'existe pas la famille, s'ils allaient arrêter de faire semblant d'aimer et de souffrir d'aimer si mal, je me suis demandé à quoi ressemblerait le monde si les gens arrêtaient de se mentir sur l'amour, s'ils allaient abandonner les fausses amours et du coup aimer à nouveau avec plus de force, de vitalité, aimer plus, en quantité et en qualité, j'ai pensé aussi à tous ceux que j'avais aimés et que j'avais perdus, j'ai pensé que c'était toujours bien d'aimer le plus de personnes possible dans une vie, j'ai pensé que la famille, l'amour de la famille, la foi dans la famille, au fond c'était juste de la peur à se poser la question de l'amour, et que moi, sur la question de l'amour, je croyais autant au quantitatif qu'au qualitatif, que je ne les opposais pas, je pensais que le courage dans l'amour posait autant la question du quantitatif que du qualitatif, que je me méfiais des gens qui parlaient du qualitatif pour l'opposer toujours au quantitatif, j'ai pensé à tous les êtres que j'avais aimés, à toutes les femmes surtout que j'avais aimées depuis cinq ans, contre très peu d'hommes avant, à part P. bien sûr pendant vingt ans, j'ai pensé que si je n'avais pas été particulièrement douée pour la perte, par le hasard puis par l'entraînement, si je ne m'étais pas forcée mille fois à serrer les dents, je n'aurais pas aimé autant d'êtres dans ma vie, je me suis demandé combien encore il y aurait d'êtres que j'aimerais, quels seraient leurs prénoms, leurs corps, leurs histoires, ce qu'ils allaient m'apprendre, comment on allait s'aimer, se caresser, se séduire, se blesser, se quitter, j'ai pensé qu'au fond on avait toujours la vie qu'on voulait avoir, ou plutôt qu'on se débrouillait toujours pour que notre vie ressemble à une forme idéale qui devait être collée quelque part dans notre cortex et que cette forme chez moi devait être quelque chose de déchiré, taché, troué comme un vieux jean, que c'était toujours les formes abîmées qui me plaisaient le plus, que tout était parfait comme toujours, que le réel était toujours parfait.

# 13

De petites bouteilles, liquide jaune fluo, odeur de pastis. L'élixir parégorique, ça sonne César Birotteau et c'est de la teinture d'opium. En vente libre. Contre les maux de ventre, dit la notice. Tous les camés en prennent quand ils sont en manque. Burroughs en parle dans Junkie, et même Joyce dans Ulysse. En vente libre, ça veut dire que même les enfants peuvent en acheter quand on est fin soixante-dix début quatre-vingt. À la campagne, quand je vais au village à vélo chercher des hameçons ou des pétards Mammouth rouges qui sentent la poudre quand ils explosent, je passe à la pharmacie pour eux. Bonjour madame, deux bouteilles d'élixir parégorique s'il vous plaît. C'est important la politesse. En principe ça se dilue et ça se boit en petites quantités, ça se mesure en cuillères, dit la notice. Ils craquent le bouchon en métal, ils boivent la bouteille d'un coup, ils font une grimace, je sens l'odeur. Ils mettent aussi de l'élixir parégorique dans le biberon de ma sœur à sa naissance pour la sevrer de l'opium que ma mère fumait pendant la grossesse. Ma sœur est un beau bébé, il n'y a rien à signaler.

Tout ça à côté des autres, au milieu des autres puisque c'est à la campagne surtout, quand ils sont loin de leur dealer, qu'ils en prennent. Peut-être aussi à Paris, les jours sans, mais alors ils se débrouillent et je ne suis pas au courant. La campagne c'est celle du ministre, c'est la mairie du ministre, c'est les frères de mon père qui se tirent la bourre pour faire ministre comme papa, c'est les belles-sœurs qui tiennent leurs rôles, c'est les gentils cousins avec qui je joue au tennis, c'est le grand-père qui parle de la France et qui va travailler dans son bureau avec des papiers à en-tête de tous les ministères, c'est mes oncles qui vont finir par être ministres comme papa, de droite comme papa. L'humiliation ultime c'est de ne pas être celui qui récupère la circonscription de papa, on en est là dans l'amour du père. Peut-être que ça l'excite, lui, mon grand-père ministre, de voir les chiots de la même portée se battre pour être le meilleur fils. Chacun souffre de l'adoubement de l'autre, ce sont leurs blessures d'hommes mûrs. Le mauvais fils, c'est mon père depuis toujours, depuis qu'il n'en a rien à foutre du ministre. Je vais souvent dans le bureau de mon grand-père quand il n'est pas là, un endroit où personne ne vient me chercher, où je peux être seule. Je peux y passer des heures je m'installe au bureau, j'ouvre les tiroirs, je prends du papier, ministère des Armées, ministère de l'Intérieur, ministère de la Justice, j'écris des lettres, je donne des ordres, je commande les troupes, je gouverne.

Parfois le matin en allant prendre le bus pour aller au lycée, devant la pharmacie du Drugstore du boulevard Saint-Germain ouverte jusqu'à deux heures du matin, je repère les bouteilles vides d'élixir parégorique, les emballages de Neo-Codion. Je sais que ce sont des camés en manque qui ont bu les flacons, avalé les cachetons très vite, pour tromper le manque, pour dormir un peu avant le jour, pour tenir jusqu'au dealer. C'est toujours un plaisir de savoir des choses que les autres ne savent pas. Après l'école publique de la rue Saint-Jacques, je vais à Henri-IV, la crème de la crème, des fils de profs qui feront Normale à force de tout faire comme on leur dit, des enfants sages qui aiment leurs professeurs, qui s'ennuient pendant les vacances. À ceux-là non plus je n'ai rien à dire. J'attends que ça se termine, l'enfance, le lycée, les parents.

# 14

L'opium, c'est décadent mais bourgeois. C'est des ambassadeurs, des écrivains, des cinéastes, des journalistes, c'est de jolies femmes, de grands appartements, des voyages et des livres, c'est un parfum Saint Laurent que ma mère porte, ça l'amuse évidemment. C'est les années soixante-dix, c'est le monde d'avant. Saïgon est tombée, l'Asie est devenue communiste, petit à petit l'opium ne passe plus et on en produit moins. Deux fois mon père va en chercher au Laos. Il change d'hôtel, il sème la police, il met en place des stratagèmes, les montagnes, un village, une transaction, retour à Chiang Mai, l'opium dans des bobines de film qu'il s'envoie poste restante, un 747, Roissy-Charles-de-Gaulle, et la came qu'il récupère à Paris. Ce serait Midnight Express s'il se faisait choper. Il passe une fois. Il passe deux fois. Il arrête. Ils changent de came. Bienvenue dans les années quatre-vingt, bienvenue dans le monde de l'héro, qui égalise plus vite que le chômage, qui égalise plus vite que Mitterrand.

Nouveaux amis nouveaux camés. La bande de l'héro. Je les préfère à la bande de l'opium. Plus jeunes moins bourgeois plus déglingue. Ils sont un peu escrocs. Ils sont malins. Ils sont moins mondains. Généralement ils sniffent. Parfois ils se piquent. Comme Flo. D'abord elle est séropo. Puis elle a le sida. Puis elle meurt. Elle vit chez sa mère avec sa fille qui n'a pas de père. Je vois un peu sa fille. On l'emmène en vacances un été en Touraine. Elle a mon âge. Je ne l'aime pas, Sarah, elle a l'air trop malheureux.

Mon père perd son boulot à la télé, il est trop défoncé, on perd l'appartement. Ils vivent à l'hôtel. Rue de Buci, rue de Seine. Les petits hôtels du quartier. La Louisiane, etc. Pendant six mois je vis chez mes grands-parents rue Jacob. Avec ma sœur qui va à la maternelle. Mes parents passent le matin et le soir pour l'école les devoirs le dîner. J'aime ma grand-mère, le ministre je l'ignore, ce n'est pas nouveau qu'il me dégoûte.

Ce ne sont plus les pipes le soir. C'est de la poudre dans des petits papiers blancs pliés. C'est la boîte en argent dans le sac de ma mère. Ce sont les pailles qu'elle coupe. Rayures rouges ou bleues sur le plastique blanc. Des lignes qu'elle trace avec de petits canifs en corne ou en ivoire. Parfois elle a un peu de poudre autour du nez. Je lui fais un signe. Et puis les yeux cernés. La mine grise. Les lunettes de soleil. L'absence. L'endormissement. La cigarette qui tombe. Qui brûle les draps, les livres. Les livres de mes parents sont tous brûlés.

Elle est stone au milieu de rien. Je la surveille. Les yeux qui se ferment, le menton qui tombe. Maman ! Elle se réveille elle se redresse. Quoi ça ? elle dit la voix pâteuse. Peut-être qu'elle traduit What's that, peut-être que c'est l'anglais qui revient quand elle est défoncée. L'héro et puis les médicaments. L'alcool c'est venu plus tard. Quand il n'y avait plus de fric pour rien.

Je suis en sixième, cinquième. Je déteste le lycée. Quand ils m'ont appelée après le bac pour me proposer d'aller en hypokhâgne, j'ai dit non merci. Plus d'Henri-IV. Pas d'hypokhâgne. Plus jamais les salles crasseuses et les profs crasseux.

Ensuite mes parents louent un appartement rue Bonaparte. On est de nouveau tous les quatre. C'est au-dessus du Petit Saint-Benoît. Vieux restaurant de quartier. Cuisine française. Nappes à carreaux rouges en papier. Pichet de vin. Poireaux vinaigrette. Œufs durs mayo.

Duras y va. Jamais croisée. Yann Andréa, oui. Mais plus tard au Flore. L'air paumé. On est restés deux ans. Expulsés. Ne payaient plus le loyer. Époque de l'alcool. Des médicaments aussi. La plus sale. Ça lâche. C'est tout ce qu'on peut dire, ça lâche. Mon père n'a plus vraiment de travail. Les reportages c'est fini. Il écrit un peu des scénarios pour la télé. Des policiers, des Cinq dernières minutes, avec le commissaire Cabrol et l'inspecteur Ménardeau, dans lesquelles il glisse des jolies femmes et des histoires de drogue. Parfois pour le dîner on fait monter des croque-monsieur du Pré-aux-Clercs, le café d'en bas, ou bien on prend une crêpe pliée dans un papier au kiosque du Bonaparte.

Je ne sais pas si ma sœur s'aperçoit de ce qu'il se passe. Même moi je ne comprends pas, au début. Ils racontent n'importe quoi. Surtout elle. Lui se came aussi, forcément, mais on le voit moins, il est planqué dans le salon qui est son bureau qui est sa chambre, il dort dans le canapé, ils ne dorment plus ensemble. Ma sœur et moi, on est toujours avec elle, c'est elle qu'on voit, sa défonce à elle, dans sa chambre avec la télé, au café, dans la rue, en voiture.

Je suis dans le bureau de mon grand-père rue Jacob. J'ai un cours de maths. Une pièce sombre qui donne sur l'arrière du jardin. On voit le temple de l'Amitié. Trois colonnes pseudo-antiques Directoire ou révolutionnaire franc-maçon. Ce mauvais goût-là. À l'intérieur, de vieux papiers de mon grand-père, un drapeau bleu blanc rouge, une odeur de moisi. La maison de mes grands-parents c'était la maison de Natalie Barney avant. Colette, Proust, Joyce y sont passés. Ce n'est pas un monde qui plaît à mes grands-parents. Ils n'en parlent jamais. C'est ma mère qui m'a raconté pour Natalie Barney, qui m'a dit qui elle était, poétesse, riche héritière américaine, lesbienne, jeune maîtresse de Liane de Pougy, de beaucoup d'autres après. Ça lui plaît cette histoire, elle aime les lesbiennes ma mère. Elle dit qu'elle a essayé une fois, avec Simone, je connais Simone, on la croise dans le quartier, Simone vit avec une femme, Etel, je regarde Simone, ma mère dit qu'elle a essayé mais que finalement non, je ne sais pas si c'est vrai. Elle me dit qu'elle a été amoureuse de femmes quand elle était en pension, que c'est normal. Elle me raconte ça, elle me dit que si je suis lesbienne, si c'est ça mon truc avec les habits de garçon, ce n'est pas grave. Qu'il ne faudra pas que je me le cache, c'est tout. Avec ma mère, on va au Vieux Casque parfois, un resto minuscule, en bas de la rue Bonaparte, vers la rue Visconti, quelques tables en haut d'un escalier, un resto tenu par une lesbienne. J'ai passé beaucoup de temps dans les cafés et les restos dans mon enfance, même quand on n'avait plus de fric, même avec des chèques en bois, des petits restos de quartier ou les chinois du coin, pas la gastronomie, je crois que c'était contre les salles à manger, contre les courses, les casseroles, contre le ventre, le ventre à la place du cerveau, à la place du cœur, contre tout ce qui finit en merde. Le Vieux Casque c'est toujours une fête, parce que le resto est minuscule, parce qu'il y a deux ou trois plats toujours très simples, à cause des vieux disques qui passent genre Berlin 1920, parce que c'est comme une cabane cet endroit, un peu sombre avec de vieilles lampes, à cause de l'ambiance de famille, de famille bizarre, de famille comme on aimerait. Le regard de la patronne sur ma mère, le regard de ma mère. Elle dit qu'elles se sont croisées il y a vingt ans dans une boîte de filles, ma mère dit qu'elle aimait bien y aller. Les serveurs sont jeunes, beaux, toujours pédés, parfois ils tombent malades, parfois ils meurent.

Rue Jacob, c'est décoré bourgeois moche, beige et marron, tableaux dix-neuvième, meubles Louis-Philippe. Les bourgeois n'aiment pas la beauté, ils s'en méfient. Bourgeois, ça veut dire lamentable, ça veut dire peureux, ça veut dire honteux, ça veut dire tout ce qu'il ne faut pas être. Ma mère m'apprend ça. Les aristos sont fous mais ils ne sont pas fous sur tout.

Rue Jacob, il y a un jardin. C'est pratique pour les chiens, pour jouer au foot avec les cousins, pour garer la R5 beige métallisé de ma grand-mère. Mon grand-père est encore député. Il va à l'Assemblée. Il écrit ses Mémoires. Je ne les ai jamais lus. Tout le monde s'en fout. Dans le tiroir de droite du bureau à cylindre, il y a des stylos Dupont, des crayons bicolores rouge et bleu, dans le tiroir du milieu, du papier à en-tête Assemblée nationale Paris, le, je m'en sers comme brouillon. L'étudiant qui me fait travailler vient à vélo. Un jour mes parents sont là, ils se disputent, l'étudiant ne dit rien, je ne dis rien non plus, on est penchés sur l'exercice, on fait comme si on n'entendait pas. La dispute monte, je regarde l'équation, je ne la vois pas. Ils sont dans la cuisine à côté elle crie, je sors du bureau, mon père a un couteau, ils me voient, ils se calment, je retourne dans le bureau, je termine ma leçon de maths. Quand je raccompagne l'étudiant jusqu'à son vélo dans la cour, il ouvre son cartable et le referme autour de la barre du cadre. Je voudrais faire ça un jour, ce geste-là du cartable sur la barre du cadre. Et avoir un vélo de garçon puisque je serai un garçon.

Ma grand-mère est morte dans la chambre de Natalie Barney, très longtemps après. La chambre immense au-dessus du jardin. Il y avait deux lits simples, un pour lui, un pour elle. Lui est mort quelques années plus tôt, un été, à Montlouis. Les derniers temps n'étaient pas drôles, avec le fauteuil, les infirmiers, Parkinson. Il ne parlait plus. La haine contre lui ressortait. Il ne pouvait pas se défendre. La haine ou bien l'indifférence. Tout à coup tout le monde s'en foutait de lui. Le plus étonnant c'est mon père qui était très gentil avec lui alors qu'il l'avait détesté toute sa vie. Tous les soirs il passait rue Jacob aider ma grand-mère à le coucher, ça prenait des heures. Tous les soirs pendant des années. Les autres frères n'en avaient rien à foutre, ils étaient ministres, ils étaient occupés.

Un polaroid en couleurs. Une sex pic, comme on dirait aujourd'hui. Une chambre d'hôtel un peu pourrie. Une photo d'elle prise par lui. La nuit. Une lampe. Des meubles sombres. Sales, on dirait. Des couleurs laides. Elle porte des bas. On voit le haut des bas, le passage à la peau nue sur ses cuisses maigres. Plus maigre qu'avant. Elle s'appuie sur une commode. Elle le regarde. Elle pose. Elle ne sourit pas. C'est sexuel et sinistre. Thanatos plutôt qu'Éros, Otto Dix, Ingrid Thulin dans Les Damnés. Quand est-ce que j'ai vu cette photo ? Où et quand ? Dans ses affaires à elle ? Ou après sa mort, dans ses affaires à lui ? Pour se branler ? On peut faire ça sur un cadavre ? C'est mieux que « Regrets éternels » ou « Mère de mes enfants ». Mieux que les vivants qui ne se désirent plus.

Ils ne payent plus le loyer de la rue Bonaparte, ni l'électricité qui est souvent coupée. De nouveau ils perdent l'appartement. De nouveau on déménage. On atterrit derrière Montparnasse dans une sorte de HLM. Je m'ennuie toujours au lycée. Je sèche autant que je peux. Je dis que j'ai de l'asthme puisqu'en plus c'est vrai. Je ne vois personne, je ne vais pas à des fêtes, je voudrais m'engager dans l'armée, je construis des maquettes, j'engueule ma mère.

On n'a plus du tout de fric, c'est des galères pour tout, pour les courses et le reste, les huissiers qui passent, pas la misère mais les emmerdes, oui. Parfois ma mère parle d'un de ses anciens amants, elle dit qu'elle va le voir, qu'elle a rendez-vous, elle dit qu'elle va se tirer. Elle s'est mise à raconter n'importe quoi, ça ment tellement un camé. Mon père n'est jamais là, ou bien dans sa chambre, volets fermés, des bouteilles sous le lit. Ma mère s'est installée dans le salon, c'est là qu'elle dort, c'est là qu'on regarde la télé. Ma mère disait PPLH en parlant de sa mère, Passera-Pas-L'Hiver, en imaginant un peu d'héritage, mais c'est elle qui est morte avant ma grand-mère.

J'engueule ma mère. Il n'y a que moi pour l'engueuler. Il faut bien que quelqu'un se charge de la colère. Je rentre du lycée, je scrute, ses yeux, son allure, sa voix, ses vêtements, son odeur. Il suffit d'un coup d'œil. Elle a toujours bu. Elle boit du whisky. Peut-être que l'alcool ça a commencé par de petites flasques dans le sac. Elle a toujours de très grands sacs. En cuir noir. Puis des bouteilles. À l'époque du HLM elle dit qu'elle sort les chiens, les chiens sont déjà sortis, les chiens n'ont pas besoin de pisser, je ne dis rien, je me mets à la fenêtre, je vérifie ce que je sais, elle va chez le Chinois en face, pour acheter son whisky, elle remonte, je ne lui dis rien, il est quoi, huit heures, dix heures du matin. Elle planque ses bouteilles autour d'elle. Dans son sac, dans son lit. Au café, elle prend des whisky-Coca, elle va le commander directement au bar avec nos Coca à nous, ma sœur et moi, elle dit que c'est du Coca. Comme si je ne voyais pas que ce n'était pas de la même couleur. Comme si je ne sentais pas l'odeur. L'odeur de sa peau d'alcoolique. Tu as bu, je lui dis quand je rentre du lycée. Elle dit non, la voix pâteuse, le regard flou. Je répète la question à l'infini ces années-là. Ce n'est pas une question. Ce n'est pas une plainte non plus. Je suis aussi grande qu'elle maintenant, et puis je la dépasse. Nous aussi on est là maintenant dans le face-à-face des corps tendus, on se dispute et c'est ma sœur qui crie comme je criais avant, quand c'était avec mon père que ma mère se battait. Je ne la frappe pas mais je comprends. Ça m'a fait du bien que ça s'arrête toute cette histoire, ma mère, ça fait du bien aux vivants aussi, les morts.

À part peut-être la guerre, la mort, la violence, à part le travail, à part l'amour, la vie est affreusement pas sérieuse. Ça rend fou tellement ce n'est pas sérieux la vie, la plupart des choses qui font la vie. Alors que la drogue, oui, la drogue c'est sérieux, ça fait des gens sérieux la drogue. Ça fait des gens qui suivent une loi. Qui s'y tiennent. C'est moral un drogué. Des parents drogués ça fait grandir sous la loi morale. Ma chance ce n'est pas ma famille de ministres, ma vraie chance, celle vraiment que tout le monde devrait m'envier, c'est les parents camés et la mort de ma mère.

Peut-être aussi que les drogués sauvent les non-drogués, comme les pauvres sauvent les riches, comme les croyants les infidèles. Peut-être que c'est leur rôle, leur destin dans les grands équilibres du monde, peut-être qu'il faut toujours du sacrifice, à un niveau obscur des choses.

J'ai l'impression que je ne vois plus beaucoup mon père, ces années-là, jusqu'au matin où je le croise quand je rentre du lycée devant le HLM qu'on habite derrière Montparnasse. Il me dit qu'elle a eu un malaise, qu'elle est à l'hôpital, d'aller chez mes grands-parents, qu'il passera plus tard. D'abord je me dis que c'est bien, qu'on va enfin la soigner. C'est dans le bus que je comprends que c'est la mort de ma mère que je suis en train de vivre, avec Paris qui défile derrière les vitres avec rien qui change, que c'est quelque chose comme ça la mort. C'est à cette époque que mon père revient, que je le retrouve, avec les mois et les quelques années après, celles à vivre tous les trois, lui, ma sœur et moi, dans un autre appartement, de nouveau rue Bonaparte. Puis on se sépare, je m'en vais, lui part à Sainte-Anne, ma sœur a son studio, elle est encore au lycée. Après il a des piaules, ici ou là, ou bien il squatte, et puis il s'installe en Touraine. Après la mort de ma mère, c'est sa déglingue à lui, une déglingue sans fin, une déglingue calme parfois, et parfois pas. Des années à faire le tour de France des hôpitaux, des cures et des postcures. À s'habituer à tout ça, qui rythme le temps comme les saisons. À entendre les médecins dire qu'il n'est pas passé loin, qu'il devrait être mort depuis le temps, à s'habituer à ce qu'il ne meure pas, à s'habituer à ce que ça ne s'arrête pas. Quand je suis avec lui j'ai parfois l'impression qu'on se ressemble dans les manières, la façon de marcher, de parler, même de se nourrir. Moi aussi je déteste m'asseoir à table, moi aussi je préfère bouffer seule, moi aussi je me nourris comme un junkie, debout dans la rue ou devant mon frigo, avec un mélange d'obsession et de rien à foutre. Ça m'effraie de voir nos ressemblances quand je suis trop près, mais personne ne les voit puisque plus personne ne vient le voir, puisque personne ne nous voit ensemble. Peut-être que ça me ferait la même chose si ma mère était encore vivante. Rien que de penser des choses comme ça j'ai froid dans le dos. L'idée qu'elle pourrait ne pas être morte. Mon père a un cancer de la langue maintenant. Ça et l'oxygène, et le pacemaker, et Parkinson, et son Subutex de camé qu'il prend depuis des années. Et les poumons qui vont bien finir par lâcher.

# 15

Un port commercial de seconde zone près de Perpignan. Les cargos sous les fenêtres, le bruit des grues, le déchargement des conteneurs la nuit. Dans le salon il y a une affiche I want to believe avec une soucoupe volante. Des gens comme moi le confinement ça les arrange, des gens comme moi le confinement ils ne le remarquent même pas ou bien ça les amuse, ça fait des occasions d'aventure. Les gens comme moi aiment les catastrophes légères pour l'ambiance philosophique que ça donne au monde. J'ai dit oui à cette fille que j'ai vue deux fois, une après-midi à Saint Étienne et une nuit à Paris, j'ai mis l'ordinateur dans un sac un jean et deux tee-shirts et j'ai quitté ma chambre du quatorzième. J'essaye, j'essaye toujours, je suis un chevalier de la foi et à chaque fois j'y crois. La journée on travaille, A. peint, j'écris. A. m'a installé un lit dans l'atelier. Le sexe c'est l'après-midi. La nuit on dort, chambre à part. A. est allée voir un chaman en Amazonie, A. est allée près de la zone 51 de Roswell dans le Nevada. A. parle de la fin du monde, A. dit que depuis l'enfance, elle fait son rêve de la fin du monde qui reprend chaque fois à l'endroit où il s'est arrêté, A. parle d'un autre monde derrière le monde. A. a des yeux verts glacés brûlants, je crois que c'est pour ça que je suis là, et pour l'affiche d'X-Files dans le salon. A. dit qu'elle est une fille, mais elle parle d'elle au masculin, souvent mais pas toujours, elle s'est donné un prénom de garçon, elle dit aussi qu'elle s'en fout, ou qu'il s'en fout, que ce n'est pas si important pour elle ou lui, mais que c'est important d'avoir les couilles d'être une fille, sexy comme Felix Maritaud, je lui dis parfois. Elle dit que moi non plus je ne suis pas vraiment une fille. Elle dit que je suis son mec, sa meuf, qui elle aime. Elle dit que quand on couche ensemble on n'est ni des filles ni des garçons, qu'on baise autrement. Elle disait qu'elle voulait des photos de ma main sur son sexe, qu'elle me ferait un tatouage à la fin du confinement, que ça fragilise un tatouage, qu'il fallait attendre. On n'a jamais fait la photo ni le tatouage. Je suis restée six semaines et puis je suis partie. Si je ne l'aimais plus, pas assez, ou pas tout court, qu'est-ce qu'elle y pouvait, qu'est-ce que j'y pouvais. Le matin où je le lui ai dit, la veille de mon train, elle a pris la Polo, elle est allée au Lidl, elle a acheté de la liqueur de pamplemousse et une bouteille de rosé, elle a dit que c'était ce qu'on buvait chez son père, à Vesoul, elle s'est mise à la fenêtre et elle a bu, elle a fumé, j'avais le mauvais rôle ou bien le bon, je ne sais pas, il n'y avait pas grand-chose à dire. J'ai coché motif familial impérieux sur l'attestation, j'ai pris un taxi et puis des trains, il n'y a pas eu de problème, je me suis dit que c'était assez facile de voyager pendant le confinement, je suis restée une nuit à Paris, dans mes 14 mètres carrés dans le 14ᵉ, ensuite je suis allée chez mon père en Touraine, il était en train de mourir mais pas encore, c'était calme.

# 16

Un an au moins que je n'étais pas venue. La maison est un bric-à-brac. Tout s'effondre. De la poussière des toiles d'araignées son visage trop blanc. Les prises ne marchent pas. Tout est cassé. Dans la salle de bains il y a un trou sous la baignoire, des carreaux qui manquent et la bonde est bloquée, je la soulève avec la ventouse d'une flèche d'Indien pour vider mon bain chaque matin. Il a eu soixante-dix-huit ans. Un miracle si on veut. Il regarde des séries sur l'iPad l'après-midi mais le matin il écoute de la musique sur son téléphone, de vieux trucs sur YouTube. Je lui ai commandé une JBL, je me suis dit que ce serait mieux. On parle de Rutebeuf, de Villon, de Rimbaud quand on parle, quelques secondes, avant de recommencer à ne pas se parler. Hier il n'était pas bien. Même avec l'oxygène. Il dit tout le temps qu'il a froid. Je dis oui, qu'il fait froid, même quand ce n'est pas vrai. Il dit qu'il est en train de crever, je ne lui dis pas que ce n'est pas vrai. Il dit C'est comme ça, je ne dis rien. Qu'est-ce que je peux faire d'autre que ne rien dire et lui acheter des Bounty glacés et des Snickers glacés au Super U. La nuit je l'entends qui s'étouffe, je me demande combien de temps ça peut tenir un corps qui meurt. Trouvé un exemplaire des Chants de Maldoror, éditions Corti 1969, deux préfaces, l'une de Soupault, qui parle des maisons bourgeoises et du bric-à-brac, l'autre de Gracq, qui dit « un dégoût natif et princier de l'ordre raisonnable est l'apanage de l'enfance éternellement anarchique ». Qu'est-ce qu'on peut faire. On peut pleurer ou on peut rire, dit Bacon à Hockney le jour de sa grande exposition au Grand Palais, le lendemain de la mort de son amant George Dyer, et il rit.

# 17

Je n'ai pas vu la mort de ma mère, je l'ai lue. Dans un livre écrit par mon père. Il va la chercher dans un café, elle a eu un malaise, elle l'a fait appeler, dans la voiture, elle se tend, elle se cabre en arrière, elle dit qu'elle ne voit plus rien, il la dépose aux urgences, il dit Ma femme est en train de mourir, il a raison, elle meurt. Il ne m'avait jamais raconté. Je ne lui avais jamais demandé. J'ai lu une fois.

Je ne l'ai pas vue morte, je n'ai pas voulu. Ils me l'ont proposé, avant de la débrancher. Ils m'ont aussi demandé mon avis, pour la débrancher. Mon oncle médecin dans le bureau de mon grand-père. J'ai dit oui bien sûr. Je suis retournée dans le salon. Ma sœur n'était pas là. Ma sœur, on lui dirait le lendemain. Dans le salon il y avait mon père. Il ne disait rien, il se servait du whisky. La carafe en cristal. La plaque en marbre noir sur le buffet Second Empire. Le portrait d'Arago, la lavallière blanche sur le fond noir. Ma grand-mère qui fume, qui dit à mon père qui se ressert Ça ne sert à rien de boire, mon père qui hausse les épaules, ma grand-mère qui fait le même geste, qui a le même regard, qui rallume une cigarette à son mégot, les jambes croisées, comme elle fait toujours. Ma sœur est rentrée de l'école. On ne lui a rien dit. Elle a dormi dans la même chambre que moi chez mes grands-parents. On le lui a dit le lendemain après l'école. Mon père et ma grand-mère sont allés la chercher et ils lui ont dit. Elle a hurlé. Quand j'ai ouvert la porte chez mes grands-parents, elle a foncé sur moi, elle a encore hurlé. J'ai vu ce que c'était que quelqu'un de déchiré, un enfant déchiré, je ne supporte plus le cri des enfants.

Il y a eu l'enterrement quelques jours plus tard. En Touraine. Il a fallu m'acheter des vêtements. Une jupe. Un blazer. Quand on est arrivés à l'église avec tous les gens qui nous regardaient, ma sœur a encore hurlé, on l'a ramenée à la maison. Je suis restée avec mon père et tous les gens qui nous regardaient. C'était répugnant. Tout était répugnant. Mon père qui pleurait. Le prêtre qui racontait n'importe quoi. Qui parlait des enfants qui mouraient de faim en Afrique. Le cercueil idiot posé à quelques mètres de nous sous les yeux de tout le monde. L'église. Les gens. Les phrases des gens qui disaient que c'était jeune pour mourir, quarante-six ans, qui disaient que c'était jeune pour perdre sa mère, seize ans pour moi, huit pour ma sœur. Les gens qui nous regardaient pour voir si on pleurait si on ne pleurait pas. Leur pitié. Le curé débile. Tais-toi t'entends, tais-toi.

# 18

Quand elle vient à Paris, ma grand-mère du côté de ma mère descend au Lutetia ou au Meurice. On va la voir comme on irait à une audience. Elle vient une ou deux fois par an. Elle quitte les Landes pour une exposition de chiens ou ses affaires. Elle et ma mère se parlent anglais au téléphone. Pour ne pas être comprises des domestiques ou du service des écoutes quelque part. On parle anglais dans ces familles, même sans quitter les châteaux. Ma mère me chante des nursery rhymes, one two buckle my shoe three four shut the door, on va au Tea Caddy près de Notre-Dame, on a des crackers à Noël qu'on achète chez WHSmith et dont je porte les couronnes de couleur en papier de soie. Ma grand-mère a un élevage de chiens. Depuis la mort de mon grand-père, c'est devenu sa passion. Il y a toujours eu des chiens et des chenils dans cette famille. Ou bien des chevaux. Elle calcule la race. Jamais de tendresse. Cheveux courts blancs, Pall Mall au bec, cols roulés, polos, jupes en tweed, menton haut. Rien de courbé, rien qui s'excuse. Ma mère m'emmène la voir quand elle vient à Paris. Bonjour Granny. On prononce *è* pas *i*. Granney. Elle tutoie tout le monde, elle dit mon chéri aux enfants, aux garçons et aux filles. Quelques mots à peine. Le menton haut. Elle me donne toujours un billet de 500 francs, sans enveloppe, sans gêne. Les hommes de la famille sont au Jockey Club. Elle vit dans les Landes. Une maison de berger sur les terres de son frère près de son château à lui. La maison de ma grand-mère. Je me souviens de trois chambres. D'une salle de bains avec l'eau rouge à cause des tuyaux rouillés. Une grande pièce. Toujours du personnel. J'y suis allée une fois. Ma tante vivait là aussi. Ma tante qui buvait de l'eau de Cologne. Ma grand-mère était née à Londres, son père avait été attaché d'ambassade au début du siècle, le vingtième. Elle avait grandi entre l'hôtel particulier de l'avenue Matignon et le château près de Castres dont elle portait le nom. À son enterrement à elle, au pied du château brûlé où j'ai été baptisée, il ne reste que deux filles sur quatre. À chaque fois l'alcool les médicaments la drogue. Il n'y avait plus un rond.

## 19

On ne dit pas manger, on ne dit pas bon appétit, on ne dit pas bonjour tout court, si j'étais un garçon je saurais exactement quand on fait le baise-main et quand on ne le fait pas, et quand envoyer des fleurs, et on ne commente pas la bouffe, et on n'est lourd sur rien, on va toujours bien, et on est très gentil avec les domestiques, on ne dit pas monsieur au serveur, on laisse des pourboires, on n'est jamais trop habillé, on n'a jamais honte. Toutes ces manières, ces bonnes manières que je connais par cœur, je les déteste. Je les déteste parce qu'elles sont en moi, incrustées bien plus que le sang, elles sont plus qu'une langue, elle sont un corps, elles sont mon corps qui fait que je reconnais les autres corps comme le mien et que je repère les autres, ceux qui ne savent pas, ceux qui vont me faire chier avec leurs angoisses de pauvres, avec leurs complexes de pauvres, avec leur maladresse de pauvres, leur vulgarité de pauvres à être obsédés pas les classes, avec leurs goûts de pauvres qui croient au bon goût, avec leurs croyances de pauvres sur les riches, moi qui sais comme tous les riches que le pognon on s'en fout, que ce sont les pauvres qui parlent d'argent, qui parlent de bouffe, je dis les pauvres par facilité, parce que ceux qui savent savent et les autres ne comprendront jamais, je les déteste ces manières de classes qui font que je classe les gens d'après leurs manières, je les déteste ces manières qui sont comme de la crasse sous mes ongles, qui disent par chacun de mes gestes, par chacun de mes mots que cette classe sociale qui me débecte, c'est la mienne, mieux accrochée en moi qu'une tique sous la peau, je n'en veux pas de ce milieu, mais je n'en suis d'aucun autre, je le sais bien, je les déteste ces manières parce qu'elles disent qu'ils ont gagné, tous ceux qui croient aux classes, qu'ils ont gagné cette famille qui m'a toujours débectée à mépriser ceux qui ne leur ressemblaient pas, qu'on ne guérit jamais complètement de ça, qu'on peut les détester mais aimer les autres c'est plus difficile, que ce que je voudrais c'est des gens qui ne soient d'aucun milieu mais que ça ne se trouve que chez ceux qui ont tout quitté, peut-être, mais parce qu'à un moment ils avaient tout et qu'ils savent que ce n'est rien, je les déteste ces manières qui me disent que je peux toujours m'agiter mais que cette saloperie de bourgeoisie c'est du ferme, ferme, ferme.

# 20

Pas d'argent, pas de maison, pas d'héritage. C'est conforme à ma philosophie de ne rien transmettre. Pas même le nom. En remplissant les papiers après sa naissance j'ai réfléchi. Je ne suis pas un éleveur de vaches, je ne marque pas les bêtes. Qu'il porte le nom de son père. Ordinaire et transparent. Un nom qui ne me concerne pas. Je lui fais grâce du mien. Rien de ces choses-là. C'est mieux. Dans une société enfin moderne les noms de famille disparaîtraient. Les noms et les héritages. Mais la modernité n'en finit pas de ne pas arriver.

Je ne vois plus trop mon fils. Ce sont des choses qui arrivent quand on change de vie. Peut-être que ça s'arrangera peut-être que ça ne s'arrangera pas. Peut-être que c'est un peu grave peut-être que ce n'est pas vraiment grave. Qu'est-ce que ça change. Qu'est-ce qu'on y peut. Je suis habituée maintenant. C'est une condition comme une autre. Une règle de mon jeu.

J'ai un programme politique. Je suis pour la suppression de l'héritage, de l'obligation alimentaire entre ascendants et descendants, je suis pour la suppression de l'autorité parentale, je suis pour l'abolition du mariage, je suis pour que les enfants soient éloignés de leurs parents au plus jeune âge, je suis pour l'abolition de la filiation, je suis pour l'abolition du nom de famille, je suis contre la tutelle, la minorité, je suis contre le patrimoine, je suis contre le domicile, la nationalité, je suis pour la suppression de l'état civil, je suis pour la suppression de la famille, je suis pour la suppression de l'enfance aussi si on peut.

Je crois que ce qu'il s'est passé n'a pas d'importance. Les événements de l'enfance n'ont aucun rapport avec l'enfance. Le goût un peu amer comme un goût de sang dans la bouche n'a rien à voir avec les événements. C'est juste le goût de l'enfance même. De l'horreur de l'enfance. C'est comme ça que je vois les choses. Je ne pense jamais à l'enfance. Ou bien plus du tout avec le goût de sang dans la bouche qui m'est venu bien avant les événements, qui est venu avec l'enfance même. Les enfants détestent l'enfance, c'est tout. Il faut se souvenir de cette haine de l'enfance quand on devient adulte, quand on l'a perdue, qu'on en est enfin sorti, la chance qu'on a. De ne plus avoir ce goût de sang.

## 21

J'ai fait du droit. J'ai fait du droit pour comprendre. Pas pour être avocat. Avocat c'est venu plus tard, quand il a fallu choisir son camp. Ceux de ma famille font la loi, je préfère plaider contre, ceux de ma famille sont dans le camp des vainqueurs, je préfère les vaincus. Mais le droit, d'abord c'était pour comprendre. C'est comme ça que je fonctionne dans la vie. Souvent ça me prend beaucoup de temps. Par exemple pour mon corps, ça m'a pris quarante ans de comprendre ce que je devais en faire. Que je devais ne plus m'embarrasser. Dire oui ou non et puis c'est tout. Je veux je ne veux pas, pour tout, un dîner, un amour, un métier. Sans se justifier, sans s'expliquer. J'ai fait du droit pour comprendre le monde, pour connaître la loi. Comprendre comment la loi explique le monde. Comment elle l'ordonne. Vraiment. Matériellement. Dehors et dedans.

Pas comme la philosophie qui n'est que dans la tête. Mais en vrai. Dans la vraie vie des gens. Dans leurs têtes parce que le droit est dans la tête des gens, et puis dans leur corps et dans leur vie. Parce que le droit est matériel. Parce que c'est partout le droit. C'est tellement partout qu'on finit par croire que c'est ce qu'on pense. Alors que c'est la loi. Alors que c'est l'ordre. L'ordre du dehors qui entre dans la tête des gens, dans leur corps, dans leurs maisons, leurs amours, leur sexualité, le droit qui façonne les gens. Tout le monde devrait faire du droit. Ça rend plus fort. Les pauvres surtout, pour parler à égalité avec les autres. Mais les pauvres ne font pas de droit. Ils ne font rien de ce qu'il faut. Les pauvres ne font pas d'études, ou bien des études qui servent à avoir du travail, pas des études intelligentes pour refuser le travail et être forts. Les armes de l'adversaire. J'ai plein d'idées comme ça. Pour les pauvres. Ce n'est pas que je les aime. C'est qu'ils me font honte. C'est souvent un problème dans ma vie amoureuse. Des filles qui continuent à croire qu'elles sont pauvres. À se comporter comme des pauvres, à croire aux riches, à croire que c'est quelque chose être riche. J'ai beau leur montrer, elles n'en démordent pas, ça prend tout leur imaginaire, je finis par les quitter ou bien c'est elles. On comprend beaucoup de choses avec le droit. Le mineur est irresponsable, il ne choisit pas pour lui, il est comme le fou, le débile, le gâteux, il est comme les femmes longtemps et dans une moindre mesure, il est comme l'esclave, il est comme l'étranger, le sans-papiers, il est comme l'animal, l'objet, il est l'impuissance, il est obligé, asservi, contraint, une sorte de taulard du matin au soir. D'aussi loin que je m'en souvienne j'ai détesté l'enfance pour cette raison-là. Pas pour mon enfance. Pour l'enfance. L'enfance dans l'enfance. Je ne comprendrai jamais qu'on accorde tant d'importance au seul âge de la vie où on ne choisit rien. C'est quand ça se termine que tout commence. Si les choses étaient bien faites, à dix-huit ans on oublierait tout, on ne reverrait jamais ses parents, et on changerait de nom. Papa-maman est un cri d'esclave. Dix-huit ans pour en sortir. Dix-huit ans c'est les peines qu'on prend quand on assassine.

# 22

C'est l'été, je nage, je travaille, j'habite les appartements des autres, j'habite chez les autres, chez tous ceux qui me passent leurs clés quand ils partent en vacances. Je ne baise personne, je ne vois personne, je ne parle à personne. Si je prends un café vite fait avec Jibé, on n'a pas besoin de parler, on ne fait pas trop de phrases. Je n'ai aucune maîtresse, je m'attache à ne pas remplacer la dernière, ça viendra, ça vient toujours. Il faut que je me surveille tellement j'aime ça la solitude, tellement je pourrais vivre seule, tellement je vis toujours seule, même quand je suis avec quelqu'un. Parfois il me semble que je pourrais oublier la femme que j'aime, oublier qu'elle existe, qu'il suffirait d'une infime distraction, que je pourrais l'oublier comme je peux oublier mes clés sur une porte ou des billets dans un distributeur. Je fais attention, ça n'arrive pas mais ça pourrait arriver, il y a un endroit comme ça en moi. Je crois que ce n'est pas vrai à 100 % que l'amour est une grande chose, voilà ce que je crois, c'est vrai à 90 % ou 99 % ou 32 % ou 51 %, peu importe, mais pas à 100 %. Les gens racontent n'importe quoi sur l'amour, ils mentent quand ils racontent que l'amour ce n'est que la grande chose de haut en bas en long en large et en travers. Ce n'est pas vrai. Ce n'est pas compliqué de dire que l'amour est aussi une petite chose, une toute petite chose, et même qu'il y a un endroit où l'amour est totalement absent, où il n'y a rien, où la personne qu'on aime on s'en fout complètement, on ne sait même plus comment elle s'appelle, elle n'existe pas. Ce n'est pas compliqué à dire puisque c'est vrai, puisque tout le monde sait ça, puisque tout le monde l'éprouve. Quel est le problème avec ce qui est vrai, quel problème ils ont avec la vérité, je me demande tout le temps.

À vélo, je suis à vélo, Paris est vide, c'est l'été, j'écoute Bach, deux préludes et une toccate, toujours les mêmes, je vais nager à Georges-Hermant, derrière les Buttes-Chaumont. J'y vais à l'heure du déjeuner, quand il n'y a personne, je tutoie même le patron à force, je bois des cafés dans son bureau. Je ne lis presque rien. Il y a des choses qui me dégoûtent et des choses qui ne me dégoûtent pas. Je fais ce qui ne me dégoûte pas. Nager, pédaler, écouter Bach, lire Manchette ou Deleuze, ne voir personne, avoir un jean et deux tee-shirts, habiter les appartements des autres, faire du yoga sur l'appli Downdog Yoga 8,99 euros par mois, guerrier pacifique, position de l'aigle, boire du Coca, manger des dattes, acheter des Malabar bleus à 20 centimes chez les rebeus, me raser la tête tous les huit jours au sabot 2. Il y a des choses qui me dégoûtent. Une somme infinie de choses. Dont je ne pourrais pas faire la liste. Même les livres parfois. À un point inimaginable. Au point où les livres semblent résumer l'ensemble de mes dégoûts. Incarner ce qui me dégoûte dans tout. Dans les appartements que je traverse, je vois les livres, les bons livres, je ne peux pas les toucher, je fais en sorte que mon regard ne les accroche pas. Je commencerais par là si j'étais terroriste, je commencerais par les livres, je les détruirais, je les déchirerais, je les brûlerais, tous les livres bien rangés, les petits murs de livres, les petits appartements de livres, les petites villes de livres, l'arrogance des livres, la mollesse des livres, la bourgeoisie des livres, la putasserie des livres, toute cette décoration, ce faux plâtre, la peur, la lâcheté, la bêtise, la bêtise des livres, l'immense bêtise des livres, celle de ceux qui lisent, celle de ceux qui écrivent. C'est tellement grotesque au fond toute cette chose autour de la littérature, c'est grotesque parce que ce n'est pas vrai quand on regarde comment vivent ceux qui la font, ceux qui la lisent, on voit bien que ça ne tient pas, que rien n'est vrai dans tout ça, que c'est toujours les mêmes vies lamentables, que ça ne change rien. Il y a des jours où le dégoût me monte à la gorge, le dégoût des livres, le dégoût de l'amour, le dégoût de tout. Il y a un moment où on est allé si loin dans le dégoût qu'on n'en a plus rien à foutre de rien. Qu'on s'en fout des autres. Que la douleur du monde on s'en fout. Que les pauvres on s'en fout. Que les gens qu'on aime on s'en fout. Que l'injustice et la mort qui sont là depuis toujours on s'en fout, que ce qu'on trouve obscène ce sont ceux qui s'en offusquent encore, que c'est ça qui vous répugne, les indignations, les chagrins, les plaintes, les pleurs.

Odeur de chlore, vélo Peugeot, toccate de Bach, piscine découverte, marques du Speedo dans le dos, crawl. J'ai quitté ma chambre du quatorzième sans m'en apercevoir. Je l'ai quittée il y a plusieurs mois. Il y a eu Perpignan, il y a eu les semaines chez mon père, je suis rentrée, je suis restée quelques jours chez moi, puis je me suis tirée, sans y penser vraiment, parce qu'on me proposait d'autres appartements, d'autres quartiers. Au départ je pensais que ce serait pour quelques jours, mais je suis allée d'appart en appart, et les jours se sont transformés en mois, et je n'ai plus traversé la Seine, je ne vais plus jamais rive gauche. D'abord j'ai été chez Antonia, avenue Trudaine, parce qu'elle était en Corse. Puis chez P., dans le même immeuble. Je ne la connais pas bien, P., je l'avais croisée au café en bas, on avait pris un verre, elle aussi partait en vacances une semaine, elle aussi m'a proposé son appartement, j'ai dit oui. Ensuite j'ai été chez A., trois semaines vers Goncourt, je gardais le chat. Puis chez L. dans le onzième, vers Couronnes, un appartement de garçon, ceux que je préfère. Je ne retournerai plus dans le studio du quatorzième, j'y ai repensé et je me suis rendu compte que c'était fini, que ça s'était fini tout seul, que ce qu'il me restait à faire avec cette chambre, c'était dénoncer le bail, vider mes affaires, rendre la clé. Bientôt c'est septembre, les gens vont rentrer, je vais partir, je ne sais pas où, je trouverai, ce n'est pas important. Je comprends ceux qui ont trop pris l'habitude de n'être nulle part pour accepter des murs. Mon père est à l'hôpital de Tours, il est en train de mourir, il faudrait que j'aille le voir, je n'y vais pas.

# 23

Je ne peux pas compter, je ne peux pas retrouver tous les noms d'hôpitaux où il est allé pour ses cures. Sainte-Anne, Saint-Mandé, Cochin, La Membrolle, des hôpitaux normaux ou bien des hôpitaux de jour, des cliniques, des centres de méthadone, des centres de cure, de postcure, à Paris, à Tours, autour de Paris, autour de Tours. Combien il y en a eu en trente ans, des hospitalisations en urgence ou pas en urgence, trente, cinquante, cent ? Les data records de mon père doivent être quelque part sur un relevé de Sécu s'ils n'effacent pas tout à la mort. Des endroits pour camés, des endroits pour dingues, des endroits pour vieux, des endroits pour n'importe qui n'importe quoi. Ça fait des pauses, ça repose. On va le voir, ma sœur et moi, chacune de notre côté, personne d'autre. Je lui apporte des polars, des cigarettes, des rasoirs, on parle de livres. Il y a toujours une machine à café, des odeurs de cantine. Les types à qui on parlerait si on se parlait dans ces endroits sont toujours ceux qui traînent leur clope devant la machine à café. On se calcule vite fait, on maintient la distance, indifférence ou pudeur, comme en prison. Des endroits toujours vaguement moches. Option Sécu et Mutuelle Bleue, mon père. Qu'est-ce qu'il foutrait dans le faux luxe des cliniques chères, mon père. Ça ne lui irait pas, ça ne nous irait pas non plus. Il y a encore cinq ans des médecins essayaient de le guérir. C'était un peu ridicule mais on ne leur disait pas. J'imagine que c'était le seul raisonnement dont ils disposaient, c'était le boulot qu'on leur avait appris, ils l'appliquaient. Il y a même eu un psy pour essayer une thérapie familiale. Tous les trois. Je ne sais pas à quoi c'était censé servir puisqu'on s'est toujours bien entendues avec mon père. À nous aider à mieux le comprendre peut-être. Comme si ça ne faisait pas des années qu'on vivait avec lui et avec ses histoires de came, d'alcool, de médocs, on n'était pas choquées, on était habituées. C'était le psy qui nous avait paru bizarre à essayer de comprendre pourquoi, pourquoi il se camait, ce qu'on en pensait, comment on vivait ça, nous, la petite famille. Ça m'avait paru absurde qu'on cherche une cause. C'est tellement rien une cause. Tellement moins intéressant que les conséquences. On y est allés une fois, on avait l'impression de s'adresser à un enfant de trois ans, on parlait lentement, on était prudents, mesurés dans nos propos, on ne voulait pas sembler impolis en lui disant d'emblée qu'on trouvait ça normal qu'il se came, qu'on trouvait ça normal d'être la famille qu'on était, puisque tout ce qu'on pouvait dire d'objectif, depuis tant d'années, c'était que ça fonctionnait. Le psy ne nous a jamais rappelés, ou bien c'était à nous de le rappeler, ou bien mon père a annulé.

C'était il y a deux ans. Un an avant sa mort. Clinique franco-suisse d'Issy-les-Moulineaux. Ça fait chic mais ça ne l'est pas. Avant, les hôpitaux, c'était pour la drogue ou l'alcool. Maintenant c'est pour de vraies maladies. Des maladies de vieux puisqu'il est devenu vieux. Par exemple un cancer de la langue. Ça ne change pas grand-chose, c'est la même ambiance. Les ascenseurs sont lents. Il y en a un réservé au personnel. Je me fais engueuler quand je le prends. Je fais des allers-retours à la machine à café, au distributeur, je lui achète des thés glacés, des MayTea à la pêche, à la menthe parfois pour varier. Il va se faire opérer à la Salepêtrière dans quelques jours mais on ne sait pas vraiment quand. En attendant on lui fait des analyses. On le promène d'un hôpital à un autre. La semaine dernière il était dans une clinique à Saint-Mandé. Maintenant il est là. Il me prévient par texto à chaque fois qu'il change d'endroit. On ne sait pas qui choisit, ni pourquoi, ça n'est pas très important, on suit le mouvement. Ma sœur a déménagé en Touraine. C'est moi qui viens le voir. C'est toujours plus sympa lui et moi quand il est à l'hôpital. Il dit Qu'est-ce que je leur coûte cher à la Sécu depuis le temps. Il trouve ça fou le fric qu'on dépense pour les vieux, il ne trouve pas ça raisonnable du point de vue des comptes publics, il sonne pour réclamer son Subutex, il dit qu'ils vont lui donner de la morphine, il dit que c'est déjà ça.

Je vais le voir tous les trois ou quatre jours. Il est dans mon emploi du temps, comme la piscine, comme le travail. J'aime bien les choses qui se transforment en discipline. Je ne reste pas forcément longtemps, juste un quart d'heure quand il est crevé, parfois on ne fait pas grand-chose, on regarde juste la télé, on ne se force pas, on n'est pas du genre. Même quand on est tous les deux juste à regarder la télé on est bien, on est tranquilles, ça se reprend vite l'habitude avec lui. Je lui apporte des livres, du Coca, des Yop. Vu qu'il ne peut rien manger à cause de sa langue. On parle. Même pas longtemps. Même de rien. C'est facile. On a un peu la même vie lui et moi, on se comprend. Une vie dans laquelle on fait ce qu'on veut, une vie dans laquelle on se fout de beaucoup de choses, forcément. Il y a eu un reportage sur Addis-Abeba à un moment à la télé. Il m'a dit qu'à Addis-Abeba il y avait la maison de Rimbaud, qu'il y était allé, une maison avec rien, un faux bureau, une fausse chaise, des copies de lettres, une mauvaise photo, une arnaque sans doute. On a parlé de la mort aussi, je lui ai demandé s'il avait peur, il a dit non.

L'opium ce n'est pas l'héro. L'opium ça n'a rien à voir avec l'héro. Sur son lit d'hôpital mon père dit toujours, comme il l'a toujours dit, que l'opium n'avait que des avantages et aucun inconvénient, et qu'en dehors du plaisir lui-même, ça lui a fait connaître plein de choses, et plutôt aidé qu'empêché à travailler, qu'il n'a jamais si bien écrit, fait de si bons reportages, qu'il n'a jamais eu une vie si riche équilibrée heureuse que quand il prenait de l'opium, que l'époque de l'opium, c'était celle où tout allait bien, où tout réussissait. Je réfléchis, j'essaye de me souvenir, peut-être qu'il a raison, peut-être qu'il a tort, qu'est-ce que ça change.

Flo qui se piquait, Flo qui était séropo quand ils s'étaient mis à l'héro. La dernière fois que je l'ai eue au téléphone c'était un 1er janvier. Peu après la mort de ma mère. J'habitais un nouvel appartement avec mon père et ma sœur, de nouveau rue Bonaparte, à un nouveau numéro.

C'était mon père qui s'était occupé du déménagement, il avait fait les cartons, trié, jeté, mis les affaires de ma mère je ne sais où, je n'ai jamais demandé. J'étais seule dans l'appartement. J'avais répondu au téléphone. Elle avait appelé parce que c'était le 1er janvier, pour souhaiter la bonne année. Elle appelait pour dire adieu aussi, elle faisait sa tournée des coups de fil, d'une pierre deux coups, elle était malade depuis plusieurs mois, elle allait mourir, elle était en train de mourir. Je me disais qu'il fallait que je lui demande comment elle allait, que j'aie le courage, je n'avais pas beaucoup de courage à l'époque, je me suis forcée. Elle m'a raconté. Sa voix était calme. Quand on a raccroché j'ai su que c'était la dernière fois que je lui parlais. J'aimais bien sa gueule creusée, grise, piquée. Sa gueule de camée. J'ai toujours aimé ça, les gueules de camés. Je ne me souviens plus vraiment du visage de ma mère à la fin, je ne pense pas qu'elle l'avait encore tout à fait. Ou alors autrement. Il y a plein de gueules de camés différentes. Ma mère n'avait pas perdu ses dents. Elle les aurait perdues si elle avait vécu un peu plus longtemps mais à quarante-six ans ça tenait encore. Flo est morte quelques semaines plus tard. Je l'aimais bien.

Dans l'un des trois triptyques de Dyer qu'il peint les années qui suivent la mort de son amant, Bacon peint la mort. Une ombre noire au pied de Dyer dans l'aplat rose.

Dans Huit et demi, il y a ce passage où Mastroianni/Guido parle à son père mort en rêve. Il lui dit qu'ils ont très peu parlé, qu'il a beaucoup de questions à lui poser, et le père répond qu'il ne sait pas s'il pourra répondre. Je n'ai aucune question. Je n'ai besoin d'aucune réponse. Mon père m'a dit Je risque d'avoir un peu de mal à parler si on m'enlève un bout de langue, mais qu'on ne devrait pas lui enlever un gros bout, j'ai demandé si ça repoussait la langue, il a dit non, et puis on a parlé d'autre chose.

Toujours le même rêve, je brûle mon père, j'allume un incendie, dans une maison où il n'est pas encore mort mais plus très vivant, il est presque mort et je le brûle, c'est moi qui le tue mais je ne fais qu'accélérer ce qui est déjà là, je craque l'allumette, j'allume le brasier de son corps presque mort, parfois il y a aussi le corps de ma mère que je brûle mais ça ne compte presque pas puisqu'elle est déjà morte depuis longtemps, et ils brûlent tous les deux, de toute façon leur mort je n'y peux rien, alors que les corps brûlent quelle importance.

## 24

En juillet avenue Trudaine. Avec R. Il a treize ans mais on dirait plutôt quinze seize. Ses frères ne sont pas là. Sa mère que je connais depuis la fac n'est pas là. Il a préféré rester ici plutôt que d'aller chez son père. Il joue à la PlayStation. Il se couche à l'heure qu'il veut. Personne ne l'emmerde et certainement pas moi. On est seuls lui et moi dans l'appartement. Depuis deux trois ans, je m'installe chez eux, quelques jours ou quelques semaines. Je l'ai fait quand j'étais en rade d'appartement, j'en ai gardé l'habitude. Il y a des périodes où je suis mieux chez eux que chez moi. On pourrait dire que c'est une sorte de famille. Sans que je sache très bien ce que ça veut dire d'ailleurs. Je les connais tous maintenant, chacun des fils séparément des autres, séparément de leur mère. Souvent quand je suis chez eux, avant qu'ils partent à l'école ou au bureau, j'arrive avec des croissants, des pains au chocolat, on m'appelle l'ami du petit déjeuner, ils me demandent si je me suis levée tôt ou si je ne suis pas encore couchée, si j'ai dormi ici, si je reviens de la piscine ou si j'y vais. Je fais partie de leur paysage, ils font partie du mien, j'ai leurs clés sur mon mousqueton.

Je me couche tôt je me lève tôt. Lui, la nuit, il joue à la PlayStation, assis sur le parquet devant la grande télé du salon. On se croise le matin quand je me lève avant qu'il se couche. À l'heure où tout le monde dort, à l'heure où le jour est gris. On se parle très bas sans doute à cause de l'heure, sans doute parce que c'est presque encore la nuit. Je lui dis que je sais pour lui, que c'est quelque chose que j'ai toujours su de son caractère, que j'ai vu quand il avait deux ans, qu'il est de ceux qui doutent de tout, pour qui c'est compliqué et on ne sait pas pourquoi. Je ne lui dis pas que ça va passer, je ne lui dis pas qu'il faut qu'il ait des amis, qu'il arrête avec la Play, qu'il travaille au lycée, je lui dis que c'est parce qu'il est comme ça et que je le suis aussi qu'il joue à la Play ou que j'écris des livres, que c'est la même chose jouer à la Play ou écrire des livres, je lui dis que les gens comme nous sont ceux qui font le monde, le monde des autres, même si les autres ne le savent pas, je lui dis qu'on est dans la caverne, on voit les ombres, on sait que ce sont les ombres qui sont réelles et qui disent le réel de la réalité, que sans les ombres et nous pour les voir il n'y aurait pas de réalité, je lui dis qu'on ne sait pas si on est une ombre nous-même, que parfois c'est pénible et que parfois ça ne l'est pas, je lui dis que je n'ai pas de recette, que je n'ai aucun conseil, que pour moi ça a pris des années, je lui dis que je sais que c'est grâce à nous que le monde existe. Il me dit qu'on le prendrait pour un fou s'il disait tout ce qu'il avait dans la tête, qu'alors il ne dit rien, qu'il joue à la Play.

# 25

Un dimanche de novembre, il y a un an ou deux. J'ai dormi chez M., mal. Il a fallu sortir et rentrer tard et coucher un peu ensemble, je tombais de sommeil, j'ai fini par arrêter, elle m'a laissée dormir, il devait être deux heures. Je me suis réveillée vers sept heures. Elle dormait. Les filles dorment. Elles ne se réveillent pas. Ou bien si elles se réveillent, elles font semblant de dormir, elles me laissent partir.

Je suis sortie du lit en faisant le moins de mouvements possible, j'ai marché tout doucement sur la moquette, le plancher dessous grinçait un peu, j'attendais que des voitures passent sur le boulevard pour avancer, j'ai ramassé mes affaires en tas près de la porte, je fais toujours ça laisser mes affaires près de la porte, j'ai pris mon sac mes chaussures mon blouson, j'ai ouvert la porte, je l'ai fermée derrière moi. Je passe le pantalon dans le couloir, mon pull, le reste, chaussures, blouson, sur le palier, il n'y a personne à cette heure, je m'en vais.

Elle avait été call-girl un peu pendant ses études. Elle avait travaillé dans un club SM les week-ends. Elle avait couché pour la première fois à treize ans avec un type plus âgé, elle voulait connaître le sexe. Elle avait eu des amants et des maîtresses. Parfois en même temps. Elle était vaguement avec un type d'après ce que j'avais compris, en couple ouvert, je ne sais pas si elle le voyait beaucoup, je n'avais pas très bien retenu de quoi il s'agissait, je confondais ses histoires, je ne sais pas quelle importance ça avait, ni pour elle ni pour moi. Au départ je pensais que ça marcherait à sa façon d'être très lente, de ne pas foncer vers la jouissance, je pensais qu'on trouverait puisque le sexe l'avait toujours intéressée.

Au début j'avais joui deux trois fois mais presque à peine, la jouissance qui fait mal parce qu'il manque juste une seconde, un geste pour que ça explose. Elle non plus ne jouissait pas vraiment. C'était bizarre. Peut-être que le pli avait été pris que ce n'était pas très bien, qu'on n'allait plus trop essayer, qu'on manquait de désir. Ou d'amour. Chaque jour ça baissait. Mais on passait quand même de bons moments. Comme ça, les week-ends chez elle, dans sa chambre, elle avait une forme de douceur, c'était l'hiver, je sortais d'une sale histoire, elle me faisait du bien.

J'étais partie le matin puis j'étais revenue l'après-midi. Le soir elle avait proposé qu'on regarde un film de Chris Marker. J'étais sur son lit on regardait ce film, je me demandais quand j'allais réussir à partir, de quoi j'allais dîner. Je regardais à peine ce film, il y a des genres de films que je ne supporte plus, un genre de culture qui me fait penser que l'Amérique nous a sauvés, que le libéralisme a du bon culturellement, je pensais à ça et à mon dîner, et tout à coup sur son MacBook j'ai vu ma mère, au milieu de ce film en noir et blanc, au milieu de ce film chiant, ma mère avec deux de ses sœurs à l'écran, ma mère qui bouge et qui parle, ma mère qui est morte il y a trente ans, que je n'ai jamais vue bouger ni parler depuis sa mort, le visage de ma mère qui bouge, même si c'est un visage qui n'est pas celui que j'ai connu, pas exactement, puisqu'elle a dix-neuf ans à l'époque du film, même si ce n'est pas vraiment la voix que j'ai connue, même si ses sœurs y sont bêtes et qu'elle ne dit rien. J'ai dit C'est ma mère. Je répétais. C'est ma mère, j'ai dû le dire quatre ou cinq fois. Je ne disais rien d'autre. Qu'est-ce que ça te fait, m'a demandé la fille. Qu'est-ce que ça me faisait, je n'arrivais pas à savoir. Ça m'étonnait, c'était tout ce que je pouvais dire. J'étais étonnée. C'était étonnant. De la voir. Ou bien de me souvenir que ça avait existé. Elle. Elle et moi. Elle pour moi. Tellement d'importance. Et puis rien. J'ai essayé de trouver autre chose que l'étonnement, je n'ai pas trouvé. Ni ce jour ni les suivants. Il n'y avait plus rien derrière.

## 26

Je remplis le frigo, j'achète des fruits, un pot de miel, je passe l'aspirateur, la serpillière, l'éponge, je lave les draps, je les sèche à la laverie, je les remets, je vide le lave-vaisselle, je ferme les fenêtres, je laisse un mot sur un post-it, je pose la clé sur le post-it, je prends mon Eastpack noir fermeture de la poche de devant cassée, dedans mes tee-shirts blancs, mes caleçons gris, ma brosse à dents, mon ordinateur, mes affaires de piscine, le reste de mes affaires c'est le jean les Converse et le tee-shirt que je porte, je claque la porte, je descends la poubelle, je prends mon vélo, je repars, le canal Saint-Martin, la gare de l'Est, la rue de Maubeuge, l'avenue Trudaine de nouveau, vide cette fois, dans dix jours je ne sais pas où je vais aller, en octobre j'ai peut-être un plan, pour septembre on verra. Les gens sans aveu, c'est comme ça que le Code pénal désignait ceux qui n'ont rien de fixe, ni domicile, ni travail, ni famille, c'était une infraction, punissable de prison, article 271 du Code et suivants. C'était le vieux droit, c'est fini tout ça.

Quand je pars, quand je quitte une chambre, un appartement, un quartier, des habitudes de trois jours ou bien une fille, ça me déchire, à chaque fois ça me déchire pareil. Qu'est-ce que j'y peux. C'est comme ça. Je ne saurais pas vivre autrement. Il suffit de ne pas penser, il suffit de bloquer les impulsions électriques dans le cerveau, il suffit de se passer la main sur les yeux, de prendre son vélo, d'aller nager, ça passe, il suffit de faire ce qu'on a décidé. Il suffit de se souvenir qu'il y a la vie calme ou bien l'aventure. Que si c'était toujours bien l'aventure, personne ne choisirait la vie calme. Il suffit de se souvenir qu'on a choisi.

# 27

Le Christ a une gueule d'assassin et il porte des Nike Requin, je l'ai croisé souvent, je l'ai croisé dans les taules et les tribunaux, devant les juges, dans le box des prévenus, des accusés. Jamais ailleurs que chez les pauvres, jamais ailleurs que chez les coupables. Ceux-là, ceux qui m'ont fait penser à Lui, ces coupables-là, savent que ça existe le bien et le mal, qu'il n'y a même que ça, qu'un cheveu les sépare, un cheveu ou une seconde. Eux sont plus près du bien que les autres, que ceux qui ignorent le mal. Je ne sais pas d'où me vient cette certitude, ou plutôt cette intuition, appelez ça la foi. Ils ne disent pas que ce n'est pas leur faute, ils ne disent rien, ils ne demandent ni pitié ni pardon.

Des Nike Requin, c'est ce qu'il portait le jour où il a tué la vieille. J. a un nom de gitan, elle, un nom bien français, et un prénom à l'ancienne. Il est à peine majeur. Dix-sept coups de couteau, couteau Ikea, celui que tout le monde a, le petit à dents avec le manche en plastique noir, 2,99 euros les quatre. Ils sont dans tous les appartements que je squatte, ces couteaux. À chaque fois je le vérifie et je pense à la vieille du Blanc-Mesnil, aux photos d'elle le dos sur son lino, sa robe relevée sur sa culotte de vieille et son gros ventre tout blanc, la plaie béante à la gorge, la tache noire et la mare de sang noir autour, tout ce que j'avais vu sur les photos des flics, tout ce qu'on voyait encore ou qu'on imaginait des mois plus tard le jour de la reconstitution. Ça ne va pas de soi de trancher une gorge, surtout avec un petit couteau, même le légiste ne comprenait pas, il se demandait comment lui était venue la force d'aller si loin, jusqu'à la trachée, coupée bien à fond, en étant penché sur elle comme J. l'avait expliqué, il disait que ce n'était pas possible. Pour un meurtre, un suicide ou une rupture, ce n'est pas possible ils disent, alors que c'est possible puisque c'est arrivé. J'aimais bien la vieille, J. disait toujours, et ça non plus ils ne comprenaient pas. Il n'y avait que lui d'ailleurs pour lui donner un coup de main, l'emmener faire ses courses, l'accompagner chez le kiné, il la carottait un peu sur la monnaie des courses mais il l'aimait bien. Il y avait eu la garde à vue au 36, les parloirs à Fleury, les interrogatoires à

Bobigny, les assises. Un sale procès où je n'étais arrivée à rien. Rien ne passait cette semaine-là, ni sa gueule de gitan, ni le corps de la vieille, ni mes phrases. Pendant une semaine j'avais buté sur un mur. Les visages fermés des jurés. Lui s'en foutait. Quand je me tournais vers lui, qu'on bavardait pendant les suspensions d'audience, il faisait des blagues, il avait l'air content d'être là, indifférent au procès, heureux de voir sa mère dans le public, de bavarder avec moi, ça le changeait. Le procès, la peine, on aurait dit qu'il s'en foutait. Après le verdict, je lui avais dit de faire appel, il disait que non, que c'était très bien comme ça, je lui avais serré la main, je lui avais dit au revoir, il avait l'air content, il ne m'en voulait pas, ni à moi, son avocat, ni au jury qui l'avait condamné. Je me suis souvenue de son nom et je l'ai tapé dans mes mails. Je n'ai pas gardé mes dossiers d'avocat puisque je ne garde rien. J'ai tout jeté, comme je jette toujours tout, les photos, les correspondances, comme tous les messages sur mon téléphone après une rupture. Mais dans mes mails j'ai retrouvé des morceaux du dossier, ce que m'avait envoyé la greffière du juge d'instruction, un PV de transport, un autre de reconstitution, des interrogatoires, et puis aussi un fichier MP4, un enregistrement qu'Apple avait sauvegardé malgré mes changements de téléphone. C'était au dépôt, dans ces geôles des sous-sols des tribunaux où sont gardés les détenus avant leur comparution devant un juge, ces geôles gardées par les gendarmes ou les policiers, c'est selon, ces geôles où les avocats peuvent descendre parler à leurs clients, vite fait, dans un parloir bricolé dans un coin. Sur l'enregistrement, on entend des portes, on entend des flics et des détenus qui vont et viennent. On avait commencé à parler de sa détention, comment ça va ? on demande toujours. Il avait fait du mitard à cause du shit, il fumait beaucoup, sa mère s'était fait choper en lui en apportant au cours d'un parloir famille. Il disait qu'il ne dormait pas, qu'il n'arrivait plus à dormir, il disait que chaque fois qu'il s'endormait, il revoyait la vieille, il revoyait le sang, que ça le réveillait d'un coup, qu'il n'osait plus s'endormir, il disait qu'il fumait pour ne plus voir le sang, s'assommer, s'endormir quand même. Il racontait qu'il refaisait sans cesse l'histoire dans sa tête, qu'il essayait de comprendre comment il s'était retrouvé là, à tuer la vieille, il disait qu'il refaisait le chemin, qu'il devenait fou, que ça ne servait à rien sa folie, que c'était comme ça, que tout ce qu'il pouvait vouloir c'était dormir. Les assises, il s'en foutait, la peine, il s'en foutait. Parfois, la justice ne veut pas dire grand-chose, ni pour la victime ni pour celui qu'elle condamne, souvent, ça ne veut rien dire, la justice, sauf pour ceux qui, comme on dit, l'exercent. J'ai souvent eu cette impression que ce qui se déroulait dans un tribunal n'avait pas grand rapport avec ce qui était jugé, avec les faits et les êtres, que ça concernait la justice, les juges, l'État, le public autour, pas tellement ceux qui avaient souffert, pas tellement ceux qui étaient jugés, que ceux-là c'était la périphérie pas le centre, qu'on s'en foutait. Je l'avais enregistré, ça ne se fait pas mais je l'avais fait quand même, sans lui dire, avec mon téléphone posé sur la table. En prison, les avocats doivent laisser leur téléphone à l'entrée, mais pas au tribunal, pas au dépôt. En entendant sa voix, je me suis souvenue de son visage, très brun, et des dents de devant qui lui manquaient. Je me suis souvenue du dossier, qui racontait Le Blanc-Mesnil, sa copine, leur bébé, le deux-pièces de son père où ils habitaient, les après-midi au stade avec la poussette, les copains, le shit, le shit que tout le monde fumait, les nuits à jouer à la Play, son père malade, ses frères, un projet de déménagement à Nantes, son enfance, les années où il avait été placé, comme tous ils avaient été placés dans cette famille, à un moment ou à un autre, sans qu'on sache exactement pourquoi, la suite logique, banale, le lycée qui s'arrête, un casier judiciaire mais léger, une seule mention, un recel de scooter vers seize ans, c'est-à-dire rien, rien de spécial, la vie à la con que tout le monde a plus ou moins dans ces coins, ni meilleure ni pire. C'est ce qui étonne la juge, elle est bien la juge, ça arrive des juges bien, ça ne change pas grand-chose mais ça arrive, elle dit que c'est étonnant la violence du meurtre par rapport à la vie d'avant, la vie pas terrible mais pas pire que les autres. Elle a raison, la juge, un type comme lui ça fait du correctionnel d'habitude, ça va en taule bien sûr, mais pour de petites peines. Quand elle l'interroge, il répond toujours, il parle, il raconte, il n'explique rien, il n'y a pas d'explication. Pourquoi lui puisque les autres non, se demande la juge, et moi je me demande pourquoi pas les autres, je me demande pourquoi ça arrive si rarement, la violence, avec les vies à la con. Ni devant la juge d'instruction ni devant les jurés il ne s'est excusé, il n'a jamais demandé pardon, il ne disait rien, il attendait que ça se finisse, je crois qu'il trouvait ça normal qu'on le condamne, je crois qu'il n'aurait pas trouvé ça honnête de demander pardon, qu'on ne peut pas demander pardon pour des choses pareilles. Il y en a eu d'autres des types comme ça. J'en ai défendu des dizaines des types de ce genre avec des histoires de ce genre. J'ai écouté l'enregistrement, j'ai relu les morceaux du dossier, et le lendemain j'ai été chez Foot Locker à Barbès, j'ai acheté des Nike TN, les pompes du Christ j'ai pensé, puis je suis partie en Touraine voir mon père qui mourait.

# 28

Au Relais H de la gare de Tours je lui prends trois polars nordiques, des Nesbo, et puis deux Coca, un pour lui, un pour moi. Bâtiment A, pneumologie. Étage 2, chambre 260. Depuis le seuil de la porte, avant de frapper, d'entrer, je vois ses mains, il tient son iPhone, il regarde une série. Je frappe, j'entre. Salut salut. Il a un peu maigri, pas trop. Pas mort encore. Maintenant c'est les poumons. Ils ont essayé un nouveau traitement, on n'en parle pas. Je ne pose pas de questions. Il sort dans dix jours. Il dit qu'il ne peut plus être seul dans la maison. Que l'assistance sociale essaye de lui trouver une place dans un Ehpad. Je lui dis de rentrer chez lui, à Montlouis, que je serai là, qu'en septembre de toute façon je comptais y aller. Je ne lui dis pas que je fais ça pour lui, je lui dis que ça m'arrange, d'une certaine manière c'est vrai. Il me dit ok, il me dit de me tirer, il dit qu'il est crevé. Ça a duré sept minutes. Je repars, je marche vers la gare, il fait chaud, je reprends un Coca, j'achète un sandwich, ça me donne toujours faim ces histoires. Une heure plus tard je suis à Paris, gare Montparnasse, je pense à ma piaule pas loin, je me dis qu'il faut que j'y passe, que je vide mes affaires, dans dix jours je rends les clés, ça me fera du bien quand ça sera fait. Je reprends le métro, à Barbès, Marlboro-Marlboro, disent les vendeurs arabes, je me demande toujours qui les leur achète, je descends deux rues, j'arrive avenue Trudaine. L'appartement d'Antonia. Elle n'est pas là, ses fils non plus. Les grandes pièces, le design milanais, les moulures. Comme toutes les semaines, je me rase les cheveux à la tondeuse, je suis torse nu, ma pâleur ma minceur, je regarde mon corps ma gueule mes tatouages, il me semble que je ne tiendrais pas sans tout ça. Être beau ça n'a rien à voir avec les femmes, ça n'a rien à voir avec les autres, je suis beau comme les taulards qui font des pompes, pour l'honneur.

# 29

Elle est allongée dans l'eau, le ventre collé au sable, le buste relevé, elle se tient sur les coudes, elle est en maillot, elle regarde la mer elle ne le regarde pas. On voit que c'est lui qui la regarde, on voit qu'elle le laisse la regarder, on voit que ça a un rapport avec la beauté leur histoire. Pour lui. Pour elle aussi. Les photos sont en noir et blanc. C'est lui qui prend les photos, toujours. Des photos d'elle. Pas des photos de vacances, pas des photos de Grèce. Aucune photo d'eux ensemble, aucune photo de lui. L'écriture aussi, au dos des photos, est celle de mon père, Mykonos 62, au crayon. Lui, sur les photos, n'apparaît jamais. Ni sur celles-là ni sur les suivantes, celles des albums qui sont dans une commode en Touraine.

Ils se sont rencontrés à Athènes chez l'ambassadeur. Mon père avait accompagné son père

Premier ministre en voyage officiel. Ma mère était en vacances avec sa sœur, l'ambassadeur s'appelait Humbert, comme dans Nabokov, et c'était son oncle. Ils avaient vingt ans. Pendant quinze jours ou un mois, il n'y a rien eu d'autre que la mer, le soleil et eux. En se quittant à la fin des vacances, ils ne se sont pas donné leur numéro de téléphone, ils savaient bien qu'ils finiraient par tomber l'un sur l'autre, Paris est tout petit, etc. Dans les fêtes, pendant des semaines mon père a entendu Elle vient de partir, elle devait passer, tu l'as ratée de cinq minutes. Puis ils se sont retrouvés. Ils ne se sont plus quittés. Ils se disputaient, ils se séparaient, ils se reprenaient, ils ne se sont pas quittés.

Dans un exemplaire des Illuminations, à la campagne, chaque phrase de « Royauté » est soulignée.

> Un beau matin, chez un peuple fort doux, un homme et une femme superbes criaient sur la place publique : « Mes amis, je veux qu'elle soit reine ! » « Je veux être reine ! » Elle riait et tremblait. Il parlait aux amis de révélation, d'épreuve terminée. Ils se pâmaient l'un contre l'autre. En effet ils furent rois toute une matinée où les tentures carminées se relevèrent sur les maisons, et tout

l'après-midi, où ils s'avancèrent du côté des jardins de palmes.

D'emblée ils sont des amants comme ça.

Une fois, dans les premières années, il a essayé de rompre. Essayé vraiment. Pas comme toutes les fois d'avant ou d'après où il a essayé sans y croire. Comme elle plus tard. Il est parti le plus loin possible, il a devancé l'appel, il est parti faire son service militaire à Madagascar comme coopérant. Mais elle est venue le voir à Fréjus où il faisait ses classes, il a fait le mur pour la retrouver. Après c'était foutu. Foutu avant le paquebot, foutu avant l'océan Indien.

À Madagascar il a aimé une fille. Une fille très belle. Il a encore sa photo, dans un placard sous ses jeans, c'est ma sœur qui l'a trouvée, qui me l'a montrée. Il y avait cette fille mais ça ne changeait rien. Elle aussi, je crois, avait un amant. Mais ça ne changeait rien non plus. Pendant un an et demi il lui a écrit tous les jours et elle lui a écrit tous les jours. C'est là aussi qu'il a pris de l'opium pour la première fois. Dans une fumerie tenue par un vieux Chinois. La fille l'avait emmené, il le lui avait demandé, elle s'était renseignée, avait trouvé l'adresse, le contact pour entrer. C'est quelque chose qu'il voulait depuis longtemps. Qui lui avait fait renifler de l'éther quand il était adolescent, un été en Bretagne, pendant que ses frères jouaient au tennis partaient à la pêche faisaient du bateau, que ses frères se demandaient comment ils allaient faire pour être les fils de leur père. Lui alors attendait que l'enfance se passe. Lui n'attendait que ça, se tirer.

Un jour après une énième séparation, peut-être plus longue que les autres, ils se sont rappelés, ils ont décidé de se marier, d'avoir un appartement, une famille, un enfant. Je suis née.

# 30

En septembre mon boulot c'est la mort de mon père. Il est sorti de l'hôpital, ils l'ont laissé sortir pour mourir, je suis arrivée la veille. C'est organisé comme une messe. Ça avance tranquillement. C'est calme. Pas sentimental. C'est un emploi du temps précis, la mort. Il y a des objets, des gens, des gestes, des heures, des actes à accomplir. Il y a peu de phrases mais il y a des mots. Machine à oxygène, lit médicalisé, infirmières, aides-soignantes, médicaments, Skenan, ampoules d'Oramorph, boissons protéinées Delical, chocolat, café, vanille ou noisette, urinal, chaise percée, sédation légère, sédation profonde. Il ne dit rien, moi non plus. Ma sœur passe. Parfois seule. Parfois avec ses enfants son bébé son mari son chien. Elle pleure. Elle veut lui dire des choses. Elle demande s'il dit des choses solennelles. Elle veut lui dire des choses solennelles. Elle dit qu'elle revient demain. Son mari me dit Appelle-moi, n'hésite pas. Je ne dis rien. J'ai mal à la tête. Je ne suis plus habituée aux familles, je ne suis plus habituée aux chiens, je ne suis plus habituée aux phrases. J'ai un peu d'asthme, je me fais de la Ventoline, ils s'en vont. De nouveau c'est calme. De nouveau je suis seule avec lui. Je passe dans sa chambre. Ça va ? Un signe de tête. Ou bien une blague. Ne pose pas de questions idiotes. Drôle. Ok. Je lui recharge son téléphone. Au début il regarde encore des séries. La nuit parfois il tousse. Parfois il m'appelle. Généralement non. Généralement c'est calme. J'achète une Peugeot trois portes diesel 197 000 kilomètres, une vieille 206 avec un allume-cigare et un cendrier. Nager au Centre aquatique du Lac direction Tours Nord. Courir dans les vignes. Quand on demande combien de temps, les médecins disent qu'ils ne peuvent pas répondre. Sur Instagram une fille que je ne connais pas m'envoie des messages la nuit ou très tôt le matin. Je lui réponds. Il fait beau. J'ai bronzé hier. Il fait froid la nuit. C'est septembre. J'ai envoyé un message à mon fils pour le prévenir. Je n'ai pas eu de réponse. Ma sœur me parle de moi comme si je n'avais pas changé. Peut-être qu'elle ne voit pas. Peut-être que ça la rassure. Ma sœur son mari ses enfants. À quel point ça fait des gouffres, ma vie avec celle des autres. De sa taule avec un téléphone de taule mon ancien client 17 coups de couteau m'envoie un message, Bonsoir moi je vais bien et ma détention peut aller et vous comment allez-vous ? Que devenez-vous ? J'espère que votre nouvelle vie est bien et que vous profitez de la vie, si vous voulez parler avec moi je serais content, à bientôt.

Mon père me dit de prendre toutes les décisions, mon père me dit d'appeler les médecins, il fait un geste de la main, je comprends mais je lui demande de préciser quand même. Pour qu'ils me shootent, il dit. Je les appelle. On peut faire ça, lui et moi. On peut parler de la mort, lui et moi. Peu de phrases. Pas de larmes. Pas de commentaires. Qu'est-ce que les autres peuvent pour nous, demande un jour un journaliste à Bacon, Rester beau, répond Bacon.

Il me demande de lui couper les cheveux. Je ne lui ai jamais coupé les cheveux. On ne se touche pas mon père et moi normalement. Il s'assoit sur le bord de son lit, je glisse une serviette, son cou très maigre, ses cheveux blancs très beaux, le creux de sa nuque maigre, on ne dit rien, qu'est-ce qu'on fout là, c'est insupportable d'un coup, je coupe quelques mèches, il me dit d'arrêter, je dis oui, on ne dit rien. J'emporte la serviette et ses mèches, je regarde les cheveux blancs dans la serviette, je pense au mot Reliques, je jette les mèches dans la poubelle de la cuisine.

Ma sœur l'après-midi. Elle passe pour le déjeuner. Elle essaye de ne pas pleurer. Elle lui montre le bébé. Quand elle vient je vais nager. Peugeot. Tours Nord. Centre aquatique du Lac. 2 kilomètres de crawl. Elle ne sait pas qu'on parle de la mort mon père et moi, comme on l'organise, comme c'est calme.

Le matin le soir la nuit. Il ouvre les yeux, je suis assise au bout de son lit, il dit C'est très étrange. Étrange comment ? Il dit que c'est indescriptible, que ça ne fait pas vraiment mal, il répète Indescriptible, il dit comme quelque chose qui vient de l'intérieur, il dit ça comme si ça l'intéressait cette sensation nouvelle. La nuit il m'appelle, je traverse le couloir, je me mets debout au bout de son lit, je lui réponds quelques mots. Lui, moi, la mort, ce qu'il faut faire.

L'homme qui meurt me dit Tu prends toutes les décisions. L'homme qui meurt tous les matins me dit Appelle les médecins. Les derniers matins l'homme qui meurt me dit Vois avec les médecins pour qu'ils fassent ce qu'il faut. Qu'ils augmentent les doses.

Les pompes. Une perche en acier. Deux crochets. Deux poches de plastique transparent avec du liquide dedans. Morphine et midazolam. Des tuyaux qui vont des poches au ventre de mon père. Sous-cutané. Il y a des poignées comme des joysticks pour balancer des doses en plus qu'on appelle des bolus. Bolus, mot nouveau. Un bolus autorisé toutes les trois heures. Un bolus de sédatif et un bolus de morphine. Je touche l'écran des pompes, je contrôle, je mets mes mains sur les joysticks, bip la morphine, bip le sédatif. Mon père blanc, on dirait Proust sur son lit de mort mais sans la barbe. Ou bien on ne dirait pas du tout Proust mais juste un mort sur son lit de mort. Il a déjà son visage de mort et toujours son visage de vivant. Mais de plus en plus blanc, de plus en plus mort. J'envoie le plus de bolus possible, j'envoie tous les bolus, le plus de poison possible, même quand il dort, même quand il ne les demande pas. La nuit je me réveille toutes les trois heures pour ça. Bip, font les pompes qui envoient les produits dans le corps de mon père. La mort est un jeu vidéo, PlayStation ou console Atari. Je m'approche de lui la nuit, le jour je regarde s'il est vivant. Toutes les trois heures, je touche l'écran des pompes, je prends les joysticks, j'envoie des doses, je regarde mon père de plus en plus blanc, de plus en plus mort, je retourne me coucher.

Je sais que c'est la nuit qu'il va mourir, pas l'après-midi quand ma sœur est là. Je sais que c'est moi qui vais le retrouver mort dans la nuit. Il ne fera pas ça quand elle est là. Je n'ai pas vu ma mère morte. Sa mort à lui sera pour moi. La nuit, la fille que je ne connais pas encore m'écrit. Je lui réponds. Elle dit qu'elle a deux fils. Elle dit que la mort du père c'est le travail de l'aîné. Il se découvre, il paraît qu'ils font ça quand ils vont mourir, quelque chose avec les mains sur le drap, je me souviens de Céleste Albaret dans Monsieur Proust qui raconte la même chose.

Ma chambre dans le bureau au bout du couloir, le carrelage froid, la poussière, les livres ouverts, jamais fermés, jamais rangés, des livres du printemps quand j'étais là avec lui, des livres de cette maison, les siens les miens ceux d'il y a longtemps, un vieux Henry Miller, un Michaux taché, des Série noire années quatre-vingt, achetés sans doute au Drugstore ou à La Hune, des soirs d'insomnies, les siennes ou les miennes.

Quatre heures du matin, je me réveille, j'ai laissé passer les bolus de trois heures, je dormais. Je me lève, je traverse le couloir, je n'entends pas sa respiration, j'entre dans sa chambre, j'allume la torche de mon iPhone, j'éclaire sa poitrine. Sa poitrine ne bouge pas, je reste longtemps à regarder, à vérifier qu'il ne respire plus, à regarder sa poitrine blanche maigre ne pas bouger, à voir son visage de mort, à chasser en surimpression de ma rétine l'image de sa poitrine qui bouge, je glisse le dos de ma main sur le dos de sa main, c'est froid, je glisse mes doigts autour de son poignet froid, il n'y a pas de pouls, je regarde encore, j'attends encore, je sors de sa chambre, je suis le fil en plastique transparent de l'oxygène, je vais jusqu'au salon, je me penche sur le bloc gris du respirateur, j'appuie sur zéro.

# 31

Avec n'importe quels parents j'aurais écrit le même livre. Avec n'importe quelle enfance. Avec n'importe quel nom. Je raconterai toujours la même chose. Qu'il faut se barrer. De n'importe où et n'importe comment. Se barrer. Aller de plus en plus loin. Géographiquement ou sans bouger. Être de plus en plus seul. Aller vers la solitude. La sienne ou celle de l'autre. Possible que les temps qui viennent détruisent les vieilles structures, les familles, le couple, l'amour, le travail, tout ce qu'on a appris. Possible qu'on ait besoin de se préparer à être beaucoup plus fort, pour survivre à tout. Possible qu'on ait besoin d'apprendre à vivre autrement, à ne plus croire puisque tout menace de s'effondrer. Possible qu'on ait besoin d'apprendre à vivre en animal ou en guerrier, pour de longs exils. Possible que le monde qui vient ait besoin de héros. Je me propose, c'est exemplaire la littérature, c'est pour ça que je dis Je.

C'est plein de cadavres la vie de héros. Tout le monde ne peut pas. Ma sœur ne peut pas, c'est pour ça qu'elle s'est mariée et qu'elle a trois enfants et un chien. La plupart des gens ne peuvent pas. Moi je peux. C'est comme ça. On dit l'aventure. On dit la littérature. On dit l'amour et la mort. Ça s'est passé dans un même geste, l'amour et la mort, mon père et Camille, dans un même geste.

Pendant qu'il meurt, pendant que j'appelle les médecins, pendant qu'on installe la morphine et le sédatif, pendant qu'on augmente les doses, pendant que je me lève la nuit, que je le trouve mort, pendant les pompes funèbres et l'enterrement, on s'écrit, tôt le matin, la nuit, la journée aussi. On ne s'est jamais vues, on ne se connaît pas, on s'écrit. Elle m'appelle St Aug. Elle dit À dem. Elle dit qu'elle ne sait pas quitter les filles, qu'elle met sa langue dans leur bouche pour les faire taire. C'est un peu nouveau pour elle les filles même si pas complètement. Elle a plein d'objets plein d'amis plein de fringues. Mais souvent à six heures du matin elle m'écrit. Avant le sport, les rendez-vous, le boulot, les taxis. Pendant que je suis avec l'Homme qui meurt, je lui réponds. Elle est ce que je ne connais pas encore.

C. s'est tue vingt-quatre heures après la mort. Au bout de vingt-quatre heures elle demande pour la douleur. Je ne sens aucune douleur, je sens le contraire de la douleur. Elle dit C'est ok la mort. Sans mépris sans pitié. Elle dit Tu montes ? Je dis Mercredi peut-être.

Après l'enterrement il y a Paris, il y a Camille.

Elle dit qu'elle est morte il y a treize ans. Elle le dit dans ses messages, avant que je la voie, ou bien au premier rendez-vous, avant qu'on s'embrasse. On se retrouve à une terrasse. Elle porte un vieil imper, un short militaire. Elle dit C'est weird, je dis Mais non, elle dit qu'on va boire et puis fumer. Elle raconte sa mort, les Xanax la vodka l'infirmier les gens. On parle, il s'est mis à pleuvoir, il pleut et il pleut, mes Church's c'étaient des piscines, on était trempées, On s'en fout, elle dit. Combien de verres ? Du vin rouge. D'habitude je ne bois pas, ce soir-là je bois. J'ai dit Je vais t'embrasser, on s'est beaucoup embrassées, on a continué à parler, à s'embrasser de plus en plus, ses cuisses sous mes mains, j'ai dit Tu m'invites ? ou bien c'est elle qui m'a dit Tu viens à la maison ? son fils n'était pas là. On a couché ensemble dans son grand canapé, son corps très mince, musclé, c'était léger et chaud, j'ai dit Tu veux que je parte ? elle a dit surtout pas, on a dormi, elle était contre moi, elle prenait ma main, c'est ça qui m'a le plus étonnée, sa façon de dormir contre moi, des mois plus tard ça continue de me fasciner. La liste de ses amis, la liste de ses amants, de ses maris, de ses maîtresses aussi un peu. Ce n'est pas une fille qui dit merci, ce n'est pas une fille qui dit je t'aime, c'est une fille qui est gênée si on dit des choses graves et elle ne dit que des choses graves mais légèrement. Je dis ça mais au fond je n'en sais rien, oui qu'est-ce que j'en sais, ça ne fait que commencer.

Camille, c'est tous les matins et tous les soirs. Elle dit Oui bien sûr, quand je propose. Ou alors c'est elle qui propose. Elle ne dit jamais qu'elle a un dîner ou qu'elle voit des amis. Dix jours comme ça, à Paris. Je dors avenue Trudaine mais surtout chez elle. Le mot amour, bien sûr, n'est jamais prononcé.

Je pars à Arles. Un appartement pour trois mois. Une résidence d'écriture. J'ai dit oui bien sûr. De nouveau un plein, la route, les camions, la pluie, station-service, café d'autoroute, pression des pneus, noir sur les doigts, odeur d'essence, de café, de cigarettes, bruits du moteur, des essuie-glaces ou bien la radio. Il fait nuit et puis gris et puis bleu. Les noms défilent, France d'autoroute. La route encore puis Arles. Je me gare au parking du Centre. Mon sac sur l'épaule. Julie B. me donne des clés, je pousse une porte, je passe un porche, une cour, un escalier en pierre, un grand studio dans une vieille tour, une cheminée, les toits, le ciel, la lumière. Octobre et puis novembre et puis décembre.

De nouveau ses messages de la nuit, quand elle se réveille, puis elle se rendort, puis tôt le matin, encore. Quand elle sort aussi, quand elle va à des dîners ou des choses mondaines. Elle parle, elle m'écrit, mais elle dit Un jour je te dirai pourquoi je ne dis rien. Quand je pose la question plus tard à Arles une des premières fois qu'elle vient, qu'elle est assise dans la cheminée moi par terre quand on a bu, elle me regarde, elle dit Je ne vais pas répondre. Peut-être que plus tard encore elle donne la réponse dans un message quand je suis dans un train, que je viens la voir un soir une nuit à Paris. Peut-être qu'elle m'en reparlera. Il y a des questions qu'on ne peut pas poser.

Je me fais tatouer St Aug. sur le cul. Je nage, près du Lidl, à Guy-Berthier, ou bien à Saint-Martin-de-Crau, par la nationale. Quand les piscines sont fermées, je cours, je traverse le Rhône vers Trinquetaille, je vais vers Fourques. Le ciel à Arles, le bleu le vent la lumière. Ça me fait penser à New York, à l'hiver à New York. Raise your right hand and swear, ils m'ont demandé, au consulat de l'avenue Gabriel, quand on a été refaire le passeport américain de mon fils. Je l'ai revu à l'enterrement de mon père. Mon fils un peu américain, comme les fils de C. sont un peu anglais un peu allemands. Parfois, tôt le matin, je prends la voiture, je roule dans la Camargue jusqu'à la mer, je ne croise personne, à part quelques pêcheurs, l'eau est froide mais pas glacée encore, sur le chemin du retour, au Bar des sports de Salin-de-Giraud, je prends un double express au comptoir, je repars, je roule encore, j'écoute la radio ou bien un CD de Bach, le seul CD que j'ai trouvé à Montlouis. Café chez Virgile tous les matins ou bien au Bazar ou bien au café de Gitans avec les alcoolos, au début ils me regardaient bizarrement maintenant ça va. Je nage je cours je ne vois personne je travaille et puis je vais chercher Camille à la gare, souvent.

Avignon TGV. Dépose-minute. Peugeot bleue. Elle me regarde quand je conduis. Sac de bûches à la station Total. La cheminée, le vin, la nuit. Elle dit qu'elle m'appelle le prince Constance. Elle raconte qu'à ses ex, elle dit que je suis l'homme idéal. Chaque soir, dans la tour, elle s'assoit dans la cheminée, elle met la musique, elle est précise avec ça, et puis elle parle. Chaque fois qu'elle vient, elle parle. Le sexe c'est tout le temps. Le vin. La musique. La liste de ses amants. La liste de ses vies. Parfois c'est moi qui viens à Paris. Je le décide quand je me réveille, vers six heures je prends la Peugeot, un train, un Cityscoot gare de Lyon, à midi et demi je prends un café avec elle sur un banc. Elle dit Reste, et je reste deux jours, elle dit Tu dors à la maison bien sûr. Et le week-end c'est elle qui vient. Elle vient de plus en plus souvent, elle reste de plus en plus longtemps, elle dit toujours oui, elle dit Prends-moi, elle dit Fais ce que tu veux de moi. Elle vient à Noël et on passe quinze jours ensemble, on vit de plus en plus ensemble, je reviens à Paris, le mot amour, bien sûr, n'est jamais prononcé.

## 32

J'aurais pu avoir un père, une mère, des frères, des sœurs, un signe astrologique, une ligne de la main, un profil ayurvédique, un groupe sanguin, une religion, des opinions, j'aurais pu avoir une couleur préférée, j'aurais pu avoir des fétiches, des porte-bonheur, des icônes, des idoles, j'aurais pu avoir des blessures, des nostalgies, des reproches, des regrets, j'aurais pu me dire d'une génération, d'un pays, d'une ville, d'une époque, d'un milieu, j'aurais pu me réclamer d'un genre ou d'une sexualité, j'aurais pu chercher une définition de moi-même, j'aurais pu croire à l'identité, et chercher la mienne, j'aurais pu me dire victime ou coupable, j'aurais pu dire J'accuse ou Mea culpa, j'aurais pu chercher une origine, une cause, un pourquoi, j'aurais pu croire à la généalogie, à la sociologie ou à l'ADN, chercher du côté des rabbins, des nobles, des Basques, des ministres ou des camés, j'aurais pu croire à tout ça, j'aurais pu en avoir les poches pleines, j'aurais pu aller voir un psy deux fois par semaine, j'aurais pu lui demander de m'aider à me faire vouloir tout ce dont je ne veux pas, j'aurais pu lui demander de me guérir. Je vis sans propriété sans famille sans enfance.

# 33

J'habite boulevard de Clichy près du Monoprix où Guy Georges tueur-en-série, de-l'Est-parisien a été arrêté, pas loin du métro aérien de Barbès sous lequel Guyotat garait son camping-car pour écrire et pour baiser. J'habite entre Love Story et Toys Palace. Au Supermarket 24/24, il y a des poppers à côté des Malabar, j'achète du Coca et des Magnum Classic, chaque jour je dis À demain, chaque jour ils me répondent Inch Allah. Chambres de bonnes, au pluriel, je m'embourgeoise, six étages c'est bon pour le cul, with a view, la rive gauche d'ici c'est beau. La tour Montparnasse clignote bleu la nuit, la ville en contrebas ça fait genre L.A. Vers cinq heures c'est rose souvent, sinon gris, ou bleu-blanc. Camille habite à dix minutes, cinq à vélo. J'ai récupéré le vélo Peugeot marron. Mis la voiture Peugeot bleue dans un parking. Dans la voiture j'écoute des CD. Les CD qu'elle me donne. On les avait essayés le 31 après-midi sur l'autoroute en rentrant de Marseille, et quand je suis partie d'Arles vers cinq heures du matin et que j'avais conduit dans la nuit jusqu'à Paris, je les avais tous écoutés. Go and get him, elle m'avait dit à Noël à Arles, à propos de mon fils. Je revois mon fils depuis que je suis rentrée. Je suis allée le chercher un jour à la sortie de son lycée. Depuis on se revoit. À son enterrement elle veut Bela Lugosi's dead. Parfois on dort chez moi parfois on dort chez elle, parfois on ne dort pas ensemble mais c'est rare. Chez elle, il y a des livres en tas, plein d'objets, un grand tableau. Portrait de famille début dix-neuvième, blason en haut à droite, le même que sa chevalière. Une jeune femme, des enfants, un petit garçon noir. Elle dit Comme on aurait mis un petit chien, parce que c'est joli. Il y a une cicatrice en croix sur le visage de la grand-tante, elle a poignardé le tableau de famille un soir, foutu un coup de couteau à la grand-tante, elle dit que c'est ça qui est drôle, elle dit drôle souvent pour plein d'autres choses. À Arles la première fois ou la deuxième fois qu'elle est venue, chez un tatoueur à Beaucaire, dans un garage, elle s'était fait tatouer l'intérieur de la main gauche, comme une crucifixion, like a nail stroke in the hand. Elle laisse de la lumière dans le couloir la nuit. Souvent il y a son fils, le plus jeune des deux, on dîne tous les trois, chacun fait attention, on est encore un peu intimidés.

Moi je ne peux pas, je ne pourrais pas aller jusqu'à la tristesse comme elle, chacun ses réglages, ses opérations de maintien de l'ordre contre le chaos, c'est pour ça que je ne bois pas, c'est pour ça que je nage. Individual with extraordinary ability, dit le gouvernement américain sur son visa 0-1. Sur sa porte elle a punaisé ma photo, la grande sur la couverture des Inrocks, à côté de Lemmy, de 2Pac, de ses fils, de certains de ses ex, que du lourd, elle dit. Parfois elle vient quand je dors, elle a la clé, elle ne me prévient pas, elle n'allume pas la lumière, juste la torche de son iPhone, elle se déshabille, elle se glisse dans mon lit. Moi aussi il y a mon fils maintenant parfois. Quand est-ce que je pourrai lire tes livres tu crois, il m'a demandé, je ne sais pas, je n'en sais rien. Quand il n'y a pas les fils on est ensemble, on est ensemble tout le temps en fait, maintenant c'est elle qui vient surtout, dans mes chambres de bonnes. C'est bientôt fini le boulevard de Clichy. Je dois partir à New York quelques mois. Je vais rendre mes chambres de bonnes. Troquer Pigalle pour Chinatown. Quand je reviendrai on verra. À New York, Camille dit qu'elle viendra. C'est comme prendre des trains, la façon dont je vis. Nager, écrire, l'amour, c'est des techniques pour faire exister des choses et faire disparaître le reste. Camille aussi c'est un train. Quelque chose que je n'arrêterai pas. Je ne lui dis pas, ça aurait l'air d'une promesse.

# 34

Les Vedettes, place Pigalle, un matin, Plutôt crever que quoi ? il demande, on ne se connaît pas, il a trente-deux ans, un tiers en prison, Réau, Fleury, Nanterre, il me donne les noms, encore six mois de conditionnelle, les rendez-vous chez le Spip, service pénitentiaire d'insertion et de prévention, on parle par acronymes, on parle du dégoût, plutôt crever que le dégoût peut-être, il dit qu'il n'y a pas assez de pages dans mon livre si c'est sur le dégoût, peut-être qu'il a lu des phrases sur les feuilles que je corrige devant mon double express, lui ça le dégoûte un tiers de sa vie, ça le dégoûte le gilet pare-balles blanc sous la chemise noire qu'il déboutonne pour me montrer, classe 3 il précise, ça le dégoûte ne plus arriver à aimer, les insomnies, être devenu allergique au soleil, il dit C'est con comme allergie pour un Arabe, il dit que les choses ont changé, que tout a changé, il est né à Paris, il dit que ce n'était pas comme ça quand il était enfant, il dit qu'il ne sait pas si c'est lui ou si c'est Paris, il dit que ce qu'il voudrait c'est se tirer, dans six mois, à la fin de sa conditionnelle, il parle de l'Angleterre, de l'Australie, de l'Italie, partir pour ne plus croiser les flics, les juges, pour ne plus croiser les types de son quartier, il dit qu'il doit y aller, que le café c'est pour lui, il demande Qu'est-ce qu'il faut faire ? Je ne sais pas, je n'en sais rien, partir, recommencer.

13699

*Composition*
NORD COMPO

*Achevé d'imprimer à Barcelone*
*par* CPI Black Print
*le 28 mars 2023*

Dépôt légal janvier 2023
EAN 9782290380321
OTP L21EPLN003374-611589-R1

ÉDITIONS J'AI LU
82, rue Saint-Lazare, 75009 Paris

Diffusion France et étranger : Flammarion